中华魂

ZHONGHUA HUN

百部爱国故事丛书

斩邪留正解民悬

——太平天国领袖洪秀全

赫 坚 编著

吉林人民出版社

图书在版编目（CIP）数据

斩邪留正解民悬：太平天国领袖洪秀全／赫坚编著.
-- 长春：吉林人民出版社，2011.3（2021.8 重印）
（中华魂·百部爱国故事丛书）
ISBN 978-7-206-07477-6

Ⅰ.①斩… Ⅱ.①赫… Ⅲ.①故事—中国—当代
Ⅳ.①I247.8

中国版本图书馆 CIP 数据核字 (2011) 第 032629 号

斩邪留正解民悬
——太平天国领袖洪秀全
ZHANXIE LIUZHENG JIE MINXUAN
　　——TAIPING TIANGUO LINGXIU HONG XIUQUAN

编　著：赫　坚
责任编辑：王　斌　　　　封面设计：孙浩瀚
制　作：吉林人民出版社图文设计印务中心
吉林人民出版社出版 发行（长春市人民大街7548号　邮政编码:130022）
印　刷:北京一鑫印务有限责任公司
开　本:787mm×1092mm　　1/16
印　张:8　　　　　　　字　数:64千字
标准书号:ISBN 978-7-206-07477-6
版　次:2011年3月第1版　印　次:2021年8月第2次印刷
定　价:35.00 元

如发现印装质量问题,影响阅读,请与出版社联系调换。

总　序

　　《中华魂》是一套故事丛书。它汇集了我国自鸦片战争以来一百八十余年间的近百位民族英雄、仁人志士、革命领袖、先进模范人物的生动感人事迹，表现了他们作为中华儿女的伟大的爱国主义精神。

　　爱国主义是人们对于"生于斯、长于斯、衣食于斯"的祖国的一种神圣感情，是人们对于自己民族的一种强烈的责任感和使命感，是感召和激励整个中华民族的一面永不褪色的旗帜。在一百多年的中国近现代史上，爱国主义一直激励着中华儿女为祖国的独立、统一、进步和繁荣而英勇奋斗。从"苟利国家生死以，岂因祸福避趋之"的林则徐，到"我自横刀向天笑，去留肝胆两昆仑"的谭嗣同；从"铁肩担道义，妙手著文章"的李大钊，到"青春换得江山壮，碧血染将天地红"的赵一曼；从"县委书记的好榜样"的焦裕禄，到"问鼎长天，扬我国威"的邓稼先……都表现出了强烈的爱国主义精神。正是由于热爱祖国的人们前仆后继地奋斗，国家和民族才得以生存，才能够在一次次历史危急关头转危为安，走向兴盛和富强，从而屹立于世界民族之林。爱国主义是鼓舞中华儿女历经忧患、跨越沧桑、百折不挠、自强不息的伟大力量，它贯穿于中华民族的整个历史，并有力地凝聚着五洲四海的中国人。

爱国主义是一个历史的范畴，在社会发展的不同阶段、不同时期有不同的具体内容。革命时期，需要我们为祖国的独立自主出生入死；建设时期，需要我们为祖国的繁荣富强增砖添瓦。在全国各族人民团结一心，开启全面建设社会主义现代化国家新征程的今天，我们要争做一名新时期的爱国者。新时期的爱国者要有强烈的民族自尊心、自豪感。民族自尊心、自豪感是任何时期、任何爱国者都必须具备的情感。民族自尊心能增强我们自立向上的恒心，民族自豪感能树立我们建设祖国的信心。要树立"祖国高于一切"的崇高信念，为了祖国和人民的利益不惜抛却个人的利益，甚至不惜牺牲个人的生命。我们要树立终身学习的理念，拓宽自己的知识面，广泛吸收新知识、新技术，完善自身的知识结构，更新学习知识的方法与理念，从思想上、知识上充分武装自己，为祖国的繁荣昌盛贡献力量。

　　爱国主义思想的继承和发扬，是关系到民族盛衰、国家兴亡的根本问题。爱国主义思想情操的形成，需要不断地培养。培养爱国主义精神的一个重要途径是向英雄人物和典范事迹学习和致敬。这套丛书的出版,对于青少年向英雄和先进人物学习,特别是对于在中小学生中进行爱国主义教育是不可多得的生动的教材。祝愿此书出版发行成功,为培养时代新人做出贡献。

胡维革

每一个社会时代都需要有自己的伟大人物，如果没有这样的人物，它就要创造出这样的人物来。

——马克思

目　录

童年已知耕耘苦　十载寒窗览群书　　　　/ 001

应科考屡试不第　感时世始弃功名　　　　/ 009

潜心读劝世良言　开始创拜上帝教　　　　/ 016

怀悲愤立志反清　解民悬斩邪留正　　　　/ 027

展影响捣毁甘王庙　树权威鞭挞孔圣人　/ 046

斩阎罗金田起义　建天国永安封王　　　　/ 058

创新朝定都南京　改地制四有二无　　　　/ 080

中华魂 百部爱国故事丛书
ZHONGHUA HUN

童年已知耕耘苦
十载寒窗览群书

　　1814年1月1日，洪秀全出生在广东花县福源水村，一个地道的农民洪镜扬的家里。新生婴儿高亢的哭声，震颤着本已不堪生活重负的洪镜扬。他先祖当年原籍广东嘉应州石坑礤下村，因为豪绅地主的兼并，失去了土地，无以为生，在走投无路的情况下，被迫

洪秀全故居

辗转迁徙到了花县。几代人了，却仍然是生活无着，这贫寒的日子何时是个头啊？他给孩子起了个小名叫火秀，寄托着自己家业兴盛的希望。可不久以后，小火秀的身下又添了一个小妹妹，洪镜扬再难以这仅有的几许薄田，养活起这个膨胀的家了。就在小火秀两岁的时候，洪镜扬带着全家老小再次离乡背井，搬迁到了官禄㘵村。这里只有外地逃荒来的四姓客家人，地瘠民贫，田地多属于毕村毕姓大地主的产业，却也有野草蔓蔓、树木丛生的荒岭。土地就是希望，洪镜扬带着两个大些的儿子勤恳开荒，几年后，终于有了几亩薄田，几间土屋。艰苦的生活，使小火秀早早地成熟了，他看到了父兄们的艰辛，也看到了自己家、乡邻被地主逼勒、压榨的悲惨，在他幼小的心灵中，开始懂得爱和恨。

父兄的辛劳，使火秀在7岁时能够入私塾读书了。按照家庭排辈，父亲给他起了正式的名字叫洪仁坤，后来，自己又改了喜欢的名字洪秀全。

洪秀全不仅很聪明，而且还非常勤奋、好学，当时必须熟读的《四书》《五经》《考经》等经书，他很快就能够朗朗上口，背诵下来了，除此以外，他还博览群书，凡是能找到的史书、文集，志怪、言趣等被视为非正统的书，他也都认真阅读。到了晚上，村里的老少爷们聚在一起乘凉，谈天说地，他不仅爱听，有的时候，他还要讲《三国》，说《水浒》，头头是道，时间长了，人们都说："洪家这个小火秀还真行，将来准是个秀才、状元郎！"

世代农耕的洪氏家里终于有了读书人，中国农民固有的光大门楣，荣宗耀祖的希望全都寄托在了洪秀全的身上。仅能维持小康水平的全家人，节衣缩食，尽最大的力量供他上学。他的刻苦与勤奋、聪慧与机敏，在师、友、乡邻之中人人称赞，因此，亲友们也常常赠送一些衣、物之类的生活用品来帮助他，就连私塾里的老师，也都愿意减免他的学费。在大家的帮助之下，洪秀全这位农家子弟，竟得天独厚地整整读

清朝私塾

洪秀全学习的私塾

了10年书，成了饱学之士。他不负众望，12岁时参加县试，就考中了童生。

1828年，洪秀全16岁了，家里的生活日益艰难，温饱已经成了问题。这一天，洪镜扬把洪秀全叫到身前，看了他好半天，沉重地对他说："火秀娃，咱家的境况你也看到了，实指望你能出人头地，才让你念了这些年的书，家里倒也不缺你这个劳力，可念书的余钱又到哪去挣啊！狠狠心，别念了！"懂事的洪秀全深深理解自己一生勤奋、靠双手苦挣的父亲，他深深地点了点头，对父亲说："我知道了。家里的活我能干，不去读书我也能学习，一定不辜负您的期望！"这以后，洪秀全开始停学在家，帮助家里干起了农活。他

每天早起晚归，好像要把几年的力量都使出来，报答自己的父兄。夜里，他点起昏黄的油灯，继续苦读。劳累了一天的父亲，总是在屋角里陪他坐着，直到夜深，给他披上衣服，叹息着回到房中休息。就这样，在一年多的时间里，洪秀全自学了更多的知识。

17岁那年，一位有钱人家的公子要到花县县城里去读书，知道洪秀全学业有成，就邀请洪秀全去陪读，父亲洪镜扬觉得这次免费学习的机会很难得，就同意了。洪秀全拜别殷殷热望的父兄，欣然前往陪读。他更加勤奋努力，省吃俭用，并与书友共同研讨，互相帮助，熬过了艰辛的陪读生活。一年多以后，洪秀全

带着更加渊博的知识回到了故里。到了年节，洪秀全为大家写对书楣，家家欢喜，洪秀全的才学成了村民们的骄傲，他们相信，火秀一定能够取得功名，也有能力教导其他洪氏子弟耀祖光宗。因此，族人经过商议后决定，聘请洪秀全来作村里的塾师。学有所成的洪秀全，终于能为关心、爱护、帮助过自己的族人做事了，他欣然而往，开始了塾师的生涯。这一年，洪秀全18岁。18年中，贫苦的农家生活，磨练了他的体魄，也使他真正懂得了民间疾苦。寒窗苦读，又使得他饱读诗书，入塾为师，自食其力。从此，开始了他人生中又一个阶段的悲欢之路。

洪氏宗祠

洪秀全故居

洪秀全故居位于广东省花县大布乡官禄布村。故居始建于清代末期，是一排六间泥砖、瓦顶木结构平房，石砌墙基，总面阔16.5米，进深5.5米。洪秀全的居室是一单间小屋，泥墙，无间隔。洪秀全在故居生活了三十余年，青少年时期在此度过。故居的附近还有洪秀全读书和教书的私塾、洪氏宗祠等。故居原建筑曾被清政府焚毁，新中国成立后重建。现在的故居建有洪秀全故居纪念馆，洪氏宗祠辟为纪念馆辅助陈列室。

洪秀全卧室

——斩邪留正解民悬
太平天国领袖洪秀全

洪秀全的妹妹

洪秀全的妹妹叫洪宣娇，她也是太平天国的女将领，是洪秀全的同父异母妹妹。她不仅相貌端庄秀丽，而且武功高强，枪法极准，是太平天国能征善战的女将领。

"洪宣娇者，军中称萧王娘，天王姊，西王萧朝贵妻也。年不满三十，艳绝一世，骁勇异常，从女兵数百名，善战，所向有功。萧王娘及女兵皆广西产，深奉秀全教，每战先拜天帝。淡妆出阵，挥双刀，锋凛凛落皓雪。乘绛马，鞍腰笼白氎毹，长身白皙，衣裙间青皓色。临风扬素腕，指挥女军，衫佩声杂沓，望之以为天人。女兵皆锦旗银盾。战酣，萧王娘解衣纵马，出入满清军。内服裹杏黄绸，刀术妙速，衣色隐幻，一军骇目。"

洪秀全妹妹雕像

应科考屡试不第
感时世始弃功名

　　清朝的科举考试分为秀才、举人、进士三个等级，对于无权无势、出身贫寒的农家子弟来讲，此道之难，难于上青天。然而，10年苦读的洪秀全，还摆脱不了封建时期知识分子的共习，为了家族的夙愿，个人的前程，他走了封建仕途的道路。1828年，16岁的洪秀全便前往省城广州，第一次参加了考取秀才的府试，但考试结果却是名落孙山。失败没有击倒洪秀全，他毕竟年轻，在亲友、族人的鼓励下，抱定"十年膳一

洪秀全种的树

洪秀全贵年时手植的龙眼树

斩邪留正解民悬
——太平天国领袖洪秀全

剑"的成名信念，继续教书、自学，苦读不辍。

1836年的春天，24岁的洪秀全再次取得了参加府试的资格，怀着满腹文才，必胜的信心，第二次来到广州，参加考试。再入考场，洪秀全

已是轻车熟路，下笔如神，答对准确而深入。这次一定能考取了，洪秀全信心满怀。终于揭榜了，洪秀全再次科场落第。这次考试的失败，沉重打击了洪秀全。走出考棚，他心中怏怏不乐，深深地失望，使他如履梦境，头昏眼花，精神上受到了很大的刺激，回到住处，同住的一位乡绅子弟正兴高采烈地收拾行装，要去拜师了。看到这位平时口不成文，今日题名金榜的乡绅子弟，洪秀全难以理解，空自叹息。另一位未被录取的老童生见洪秀全精神沮丧、失魂落魄的样子，便劝他说："算了吧，我考了一辈子，也懂了些考场规矩，像这些有钱有势的考生别看他才疏学浅，可毕竟

是财大气粗，哪年还没有几个买来的秀才。再说了，咱们的祖宗三代都写在考单之上，主考官一看保人，还不知道谁该录取吗?还管什么文章好坏啊！"听了这话，洪秀全十分气愤地问道："如此科举考试，哪能选出有用之才，难道朝廷里就没人管了吗?"老童生苦笑着说："唉！还提什么朝廷！现在的官还不都一样，拉同乡，找同年，送金银，捐个官来当也是司空见惯的事，人家来考试，也不过是要买个升官的正途而矣，贪赃枉法的事，还不比比皆是。"洪秀全低头不语，他终于认识到了封建王朝的丑恶，更加深了对社会状况的了解。

这天，洪秀全心情调怅地在街上走着，宽阔的额

考取功名后，全家人听旨。

头紧蹙着，明亮的眸子里闪射着愤懑的光芒，端庄的脸上挂着愁容。信步之中，走到了广州布政使衙门前的街道上，见有两个装束与众不同的人站在街头，正在向稀稀落落围在附近的老百姓宣讲着基督教义，并散发宗教书册。对于宗教方面的事情，洪秀全本来并不感兴趣。由于心情不好，这一次，他也凑上前去，听他们讲道。听着听着，上帝的万能使他感到格外新奇，他问传教士："既然你们说上帝通灵，那就是无所不知的了，你能否看得出来我今后的命运是吉是凶、是福是祸呢?你看我到底能否取得功名，又到底会有多大的前程呢?"传教士看到他愁容满面，目光呆滞，猜想他是刚刚科考落第的失意文人，因而迎合洪秀全的心理，顺情说几句好话，安慰他说："你将会取得最高功名的，请你不要忧伤，因为忧伤会使你生病的。"听了这话，洪秀全心意稍解，彳亍而去。第二天，烦闷中的洪秀全又上街头散心，在广州府城龙藏街又遇见了这两位传教士。传教士又与他谈了一些上帝的事情，并拿出一套总共9本的布道小册子，赠送给洪秀全。几天以后，心灰意冷的洪秀全只好返回家中，读书之余，心情仍久久难以平静。他随手翻开小册子，书名是《劝世良言》，是一本由一个叫梁发的中国基督教新教教徒所编写的传道书，从新、旧约《圣经》中选的部分故事摘编，并且加上了一些自己的发挥和解释。翻过之后，洪秀全便把这套书放进了书柜，并没有引起他的重视。

1837年，不甘失败的洪秀全第三次前往广州应试，结果初考时名列榜上，复试时功败垂成，洪秀全再次受到了极其沉重的精神打击，心灵蒙上了巨大创伤，终于忧愤成疾，一病不起，只好雇了一乘小轿，让人抬着回家。在家里，洪秀全连续40多天卧床，失意、痛苦、抑郁、悲愤充斥着他的心，搅乱着他的心智，时而产生许多千奇百怪的幻觉，时而喃喃不休地说着胡话。因为病情严重，他感到前途黯淡，自己恐怕一病不起，快要死了，看到焦急地环绕自己的亲人，他

拓展阅读
TUOZHAN
YUEDU

基督教传入中国

最早要追溯到唐朝的大秦景教。公元635年（唐贞观九年），传教士叙利亚人阿罗本沿着丝绸之路来到唐朝首都长安，太宗派宰相房玄龄亲往郊外迎接，请进宫中详细询问教义，阿罗本呈上圣经、圣像，并说明传教目的，为了进一步了解其信仰，太宗让他到皇家藏书楼去翻译经典。三年后，太宗下诏准许景教在中国传播，命人在长安建造一座教堂，用于安顿景教教士。当时人称为"波斯寺"，从而开始了中国为期200年的第一个基督教传播时期。

潸然泪下，痛苦地对父、母说："我不行了，今生今世我无法回报父母对我的养育之恩、培育之情了，我对不起你们，对不起列祖列宗，我苦读寒窗，却不能为家族显赫扬名，惭愧啊！"

1843年，在亲友、族人的一再催促之下，洪秀全最后一次前往广州应试，再试不第的结局，已不再能

够使他悲苦忧伤。个人的前途、命运，已经同国家、民族的命运、安危紧紧地联系在了一起。洪秀全乘船返乡，昂立船头，吟诗道："龙潜海角恐惊天，暂且偷闲跃在渊。等待风云齐聚会，飞腾六合定乾坤。"说出了压抑在心底的志向与抱负。回到家里，洪秀全把所谓的"圣贤"之书掷于地上，声言不考清朝试，不穿清朝衣，等待有朝一日，自己开科取士。洪秀全终于从沉溺于科举仕途的梦幻中清醒过来，以凌云的壮志开始了对改变个人前途、社会状况的新道路的不倦探索。

——斩邪留正解民悬

——太平天国领袖洪秀全

潜心读劝世良言
开始创拜上帝教

　　1843年5月，洪秀全带着苦闷与彷徨，来到30多里以外的莲花塘李氏宗祠去教书。初夏的一天，洪秀全的表兄李敬芳，来到莲花塘村塾探望他。两人都以塾师为业，久不相逢，便畅叙别情。谈话之间，李敬芳说道："好久不见了，不知你又搜集了多少奇书，还记得当年许多好书，都是我们两人一道看的，今日可不要藏私啊。"洪秀全笑着说："有书同读，哪敢私藏，

私　塾

几年来也没得几本好书，我的书都在这里，你自己看吧。"李敬芳随手翻开书箱，找来找去，忽然发现《劝世良言》，不明内容，便问道："这本《劝世良言》到未曾见过，不知是一本什么内容的书？又是用哪些良言劝世的呢？"洪秀全接过书一看，便回答说："这还是前些年在广州，从洋教士手中偶然得到的，大概有六、七年了，是一本宣讲洋教的书，至于内容吗，竟未曾细读，无以为教了。"李敬芳一听是洋教的书，很感好奇，临别之时，就借走了这几本书。几天以后，李敬芳来还书，并对洪秀全说："这本《劝世良言》内容新奇，同中国的四书、五经之类大不相同，很值得一

洪秀全

洪秀全故居

读。"这引起了洪秀全的兴趣，于是便认真地潜心细读起来。书中宣称：上天只有一个"上帝"，是真神，他是天地之宰，而其余人们所崇拜的一切都是妖魔，一切人都是上帝的子女，都是平等的，上帝派遣他的儿子耶稣下凡，替世人赎罪，只有上帝这个真神，才是造化天地万物之主，能给人们阳光和雨露。还说："中国人崇拜文昌、魁星两个文武之神，求他们保佑高中进士，升官发财，治国安民，可是又有多少人拜白了头、也考白了头，却连个秀才也当不上呢？可见拜的不是真神，只是儒教中人受功名利禄的迷惑而错拜的偶像。"书中内容浅显易懂，很有吸引力，研究揣摩之后，许多内容和语言表述引起了洪秀全的思想共鸣，尤其这些对中国儒教的批驳，对中国酸腐知识分子的偶像崇拜的数落，击到了洪秀全的心灵深处，久被考试落第而激怒的洪秀全，在《劝世良言》的启迪下，看清了"大成至圣先师"和"文昌帝君"的本质，早已萌生的反叛之心受到"唯一真神"的鼓励，因而以极大的魄力，毅然抛弃了作为中国2000多年封建主义精神支柱的孔教，并与自己固有的儒学伦理相决裂，接受了唯一真神皇上帝，走出了觉醒的第一步。

　　思想转变了的洪秀全和表兄李敬芳一同来到郊外，面对着朗朗青天，跪下来，按照《劝世良言》中所描述的宗教仪式，把从河中取来的清水相互洒在头上，

拓展阅读
TUOZHAN YUEDU

文昌帝君

　　文昌帝君为民间和道教尊奉的掌管士人功名禄位之神。文昌本星名，亦称文曲星，或文星，古时认为是主持文运功名的星宿。其成为民间和道教所信奉的文昌帝君，与梓潼神张亚子有关。

斩邪留正解民悬
——太平天国领袖洪秀全

拓展阅读
TUOZHAN YUEDU

大成至圣先师

　　1530 年（明嘉靖九年），尊孔子为"至圣先师"，所谓推崇孔孟之道而设，其意即指孔子已达做人的最高境界，是世人学习的楷模。1645 年（清顺治二年），更尊为"大成至圣文宣先师"。所以"大成至圣文先师"是清代顺治皇帝所定孔子尊号，应该是满清刚夺取汉人江山后亲汉的一个举措，见《清史稿·礼志三》。后多省称为"大成至圣先师"。

自行洗礼，对天祈祷，并许愿：从此以后，不拜邪神，不行恶事，恪守天条，皈依上帝。从此，拜上帝的信念始终支配着他，并幻想着通过宗教宣传来改善社会道德，以救国、救民、救世。不久，洪秀全返回本村，向亲友宣传崇拜偶像的愚蠢与罪恶，信拜上帝的必要。他的密友冯云山和族弟洪仁玕与他有相似的经历，一同研读《劝世良言》，接受了洪秀全的宣传，并请他施行洗礼。接着，洪秀全挥笔写诗，以表其志："神天之外更无神，何故愚顽假作真？只为本身浑失却，焉能超出在凡尘。"他又对冯云山和洪仁玕说："从今以后，我们就只信奉上帝这个唯一真神，对于以往所拜偶像，理应视为妖魔，要拿出勇气，斩尽妖魔！"分手以后，三个人分别将各自书塾中所有的孔子、文昌等偶像一律打碎，清除出去，并且向学生宣布：再不拜邪魔孔夫子，要想脱俗返圣，出人头地，消灾避邪，只拜上天皇上帝。回到家里，他们又把所有的灶神、牛猪门神等等全都当成了妖魔，一律打烂，再不崇拜。他们以自己的行动，向中国封建统治的思想体系——孔教宣战，超出了宗教信仰所局限的范围，而且与传统思

斩邪留正解民悬
——太平天国领袖洪秀全

想中的神权观念产生了公开的抵
触，因此也引来了封建习惯势力
的反对，受到惊吓的宗族们，以
为师授业不敬孔子，贻误人子为
名，宣布解除了对洪秀全等三人
的塾师聘用。

灶神

　　洪秀全并不气馁，他与冯云
山等人聚在一起，庄严地成立了
"拜上帝教"，并决定离家出游，把拜上帝的种子播送
到群众中去。一路上他们靠着沿途贩卖笔砚得到的钱
来作旅费，风餐露宿，跋山涉水，宣讲敬拜上帝的道
理，还手抄了不少小册子送人，为争取信徒，作出了
很大的努力，付出了许多艰辛。后来，他与冯云山进

入了山高林密、人烟稀少的八排瑶区，又赴广西贵县
赐谷村，大力开展传教活动。在房东家里，洪秀全耐
心地向他们宣传上帝济世救人的道理，可是，房东却
并不理解，反过来对洪秀全说："你是说有个叫上帝的
很灵验吧。在我们这个赐谷村附近，就有个六乌山口，
那有一个非常灵验的六乌神庙，庙里面供奉着一男一
女两尊泥塑的神像。这两个神像可了不得了，得道成
仙了，无论是谁经过神庙不烧香拜神，就要得病或者
遭灾呀。我们这方圆几十里的人一年到头都有人去烧

香供奉，祈求神灵保佑，消灾免祸，这才是真神仙呢！"听了这种说法，洪秀全深感这里的百姓受六乌神像之惑日深月久，势必影响拜上帝教的传播，便决心通过打碎邪神偶像来扩大拜上帝教的影响。这天，他带领着拜上帝教的信徒，敲着大鼓，声势浩大地前往六乌庙，对妖神进行一番声讨之后，捣毁了泥塑偶像，并在庙墙上题诗一首："举笔题诗斥六乌，该诛该灭两妖魔……一时霹雳遇雷打，天不容时若奈何！"村民们见神庙并没有什么神力，都纷纷加入了拜上帝教。

1844年11月末，洪秀全和冯云山分头行动，冯云山往桂平，洪秀全返回家乡。他总结了传教实践中的经验教训，找到了人们在仇视洋人的心理主使下，抵

魁星阁

——斩邪留正解民悬
——太平天国领袖洪秀全

触拜上帝教的原因，同时，经过社会实践，他也深感对于国家民族的安危、贫苦人民的疾痛，严酷的社会现实，也并不是靠单纯敬拜上帝就能够全盘解决的问题。因此，他决心不再被外国那种纯粹消极的宗教教义牵着鼻子走，而致

力于创作教义，对基督教进行认真的改造，以使之更加符合中国的国情，更易手为百姓所接受，更具有战斗性。他奋笔疾书，写下了《百正歌》《原道救世歌》《原道醒世训》等50余篇文章与诗歌，他希望人们都来敬拜上帝，改变世俗人心，改造黑暗的社会，解除人类的灾难困苦，天下一家，共享太平，从而表达了他以道德改善来改造现实社会的愿望。实践与深思的结果，使洪秀全在反叛封建神权之后，又迈出了社会改良的新步伐，思想进入了前所未有的改造旧社会的新境界。

魁星的故事

　　古代有一个秀才，名字已不可考，姑且就直接叫他魁星吧。此人聪慧过人，才高八斗，过目成诵，出口成章，可就是长相奇丑无比，所以屡屡面试时落第。他长得怎样呢？据说本来就丑陋，又长了满脸麻子，一只脚还瘸了，走起路来一拐一拐的，但是他文章写得太好了，终于被乡试、会试步步录取，一次次高中榜首。到了殿试时，皇帝亲自面试他的文才，一看他的容貌和画着圈上殿的走路姿势，心中不悦，皇帝问："你那脸是怎么搞的？"他回答："回圣上，这是'麻面映天象，捧摘星斗'。"皇帝觉得这人怪有趣的，又问："那么你的瘸腿呢？"他又回答："回圣上，这是'一脚跳龙门，独占鳌头'。"皇帝很高兴他的机敏，又问："那朕问你一个问题，你要如实回答。你说，如今天下谁的文章写得最好？"他想了想说："天下文章属吾县，吾县文章属吾乡，吾乡文章属舍弟，舍弟请我

改文章。"皇帝大喜，阅读完他的文章后，更是拍案叫绝："不愧天下第一！"于是钦点他为状元。

这个丑文人的才学、智慧和发奋，使他后来升天成为魁星——北斗七星的前四颗，主管功名禄位。

据说从此开始，皇宫正殿台阶正中的石板上雕有龙和鳌图案，一只魁斗放在旁边，殿试完毕发榜时，应试者都聚到皇宫门前，进士们站在台阶下迎榜，状元则一手持魁斗，一脚站在鳌头上亮相，表示"一举夺魁""独占鳌头"。

怀悲愤立志反清
解民悬斩邪留正

在产生社会改良思想，致力于创作教义期间，洪秀全也意识到，自己虽然敬拜上帝，但对基督教的许多道理、仪式还不十分了解，仅靠《劝世良言》的只字片语已满足不了利用基督教改造中国社会的需要，因此动了去广州进一步学道的念头。1847年春天，洪秀全接到了广州南关东石角教堂的美国传教士罗孝全的助手朱道兴的邀请信，希望他能去帮助传教。洪秀全十分高兴，立即与洪仁玕一同赶往广州，受到罗孝

全的欢迎。于是，洪秀全便留下来一同研究基督教教义，一住数月。熟读圣经，学习圣道，并接触到许多传教士所编印的布道书，进一步加深了对拜上帝的认识，宗教知识更加丰富，宗教信仰也更加坚定。这期间，英国驻香港总督德庇时率领军舰突然袭击虎门，

拓展阅读
TUOZHAN YUEDU

虎　门

　　虎门是一块英雄的土地，虎门人文历史悠久，旅游资源丰富，从远古的新石器时代贝丘遗址，到160年前，民族英雄林则徐率领虎门军民销烟御敌，写下了悲壮的中国近代史第一页。从抗日名将蒋光鼐的故居，到热血洒虎门的民主革命战士朱执信纪念碑，无不辉映着这片英雄的土地！

闯入珠江，兵临广州城下，竟要强行进占。当地深受
外侵之扰的群众闻讯以后，自发地组织起来，保家卫
国，团结御侮，决不许侵略者入城半步，并喊出了
"男女老幼齐上阵，人人持刀杀洋贼"的口号。洪秀全
研读《圣经》，内心激荡，深感人民的力量。这一天，
罗孝全来到洪秀全处，对他说："你潜心研究教义，精
神可嘉。你也多次请求接受正式洗礼，我今天就想同
你谈一谈，有关你所通晓的基督教义。"洪秀全把自己
所知的教义向罗孝全进行了讲述，并且感愤时事，激
动地说："诸如中华皇帝、孔教、文昌都是鬼怪妖魔，
誓当斩尽，否则，上帝之光难以照耀中华，人间平等
何来大地。"可这位罗孝全认为，如此所述，虽有基督
教之影，却无基督教之实，背离了基督教中的平等思

想，不乐而去。不久，两个教堂中的助手，又有意排挤洪秀全，挑拨关系，罗孝全更觉洪秀全信仰不确，人品不端，竟把洪秀全要求洗礼的事无限期拖延下去，不予进行。满怀希望而来的洪秀全，在冷酷的现实中再次碰壁，自认为圣洁之地的教堂里竟也充满邪恶，生活在逼迫着他，时世在感召着他，静习圣道之心顿淡，奋起抗争之意更坚，他决心再次前往广西，寻找志同道合的冯云山，自创一番大事业。

盛暑骄阳，洪秀全身上带着仅100枚铜钱踏上了步行前往广西之路，栉风沐雨，备尝艰辛。这一天，刚刚走到肇庆府境内一个叫梅于讯的地方，忽然窜出一伙穷凶极恶的强盗，抢走了他的行李和仅有的一点

基督教福音堂

钱。身无分文、饥寒交迫的洪秀全陷入困境，进退两难。他横下一条心，不管将来如何，硬着头皮乘上一只船，坚持西进。在船上，他忍受着饥饿的折磨，忧时感事，愁烦无语，他的情形被同船的四位乘客所发现，见他气宇不凡，温文尔雅，虽然是个饱学之士，但看起来既无病又无痛，却强制节食，唉声叹气，感到非常同情，猜他一定遇到了困难，便主动靠过来，和他攀谈起来。洪秀全便把途中遇强盗的情况告诉了他们。这四位乘客慨然相助，同船7天当中，不仅招待洪秀全在一起吃饭，而且还代付了船钱，临别之时又拿出600文铜钱赠为路费。洪秀全西行跋涉了一个

斩邪留正解民悬

——太平天国领袖洪秀全

月，一介书生，吃尽了未经之苦，终于到达了广西贵县赐谷村。一路上的艰难困苦再次磨砺了他的意志，穷困潦倒的日日夜夜，更激励了他的斗志，他要彻底改变个人、国家、民族的命运，下定了反清革命的决心。

　　经过打听，洪秀全得知冯云山一直在浔州府紫荆山作塾师，并且发展了很多拜上帝教的新教徒。这使他非常兴奋，急切地再赴紫荆山，会晤冯云山。走到武宣东乡的时候，他走进道旁的一座九妖庙去休息，想到社会改良之法难于奏效，只有立志反清，才能于水火之中救百姓，彻底改造现实社会，今天，自己终于走上了这条道路。一时间壮志凌云，诗兴勃发，挥笔在庙壁上写诗一首："朕在高天作天王，尔等在地为妖怪，迷惑上帝子女心，腼然敢受人崇拜！上帝差朕

降凡间，妖魔诡计今何在？朕统天军不容情，尔等妖魔须走快！"创建天国，反清革命之情已然是跃在笔间。

1847年8月27日，洪秀全终于在紫荆山黄泥冲与冯云山重逢。3年来，冯云山热心传教，很多人佩服他的人品、才学，接受了他的观点，成了忠诚的信徒，现在的紫荆山区拜上帝教已经是远近闻名了。在冯云山不辞辛劳，走遍山区的时候，还结交了当地富绅韦昌辉、胡以晃，

洪秀全纪念馆内壁画

交游广阔、胆识过人的侠义英雄杨秀清、肖朝贵，广
大群众十分拥戴冯云山。看到这险要的山区与近3000
人的教徒，洪秀全深深感慨着几年来自己的艰辛与努
力。火热的生活现实，使洪秀全进一步认识到，仅仅
是劝人敬拜上帝，改正世俗人心，并不能救世救民，
必须以上帝之火，斩妖之剑改造社会，才能救民于溺。
因此，他决心将农民对生活的渴望与敬拜上帝紧密结
合，把拜上帝教赋予革命的新内容，把愚弄、毒害中
国人民的精神鸦片解化成鼓舞革命斗志的兴奋剂。在
冯云山数年推崇洪秀全的基础上，山区群众久仰洪先
生的圣名，共同推奉洪秀全为拜上帝教教主。从此以
后，洪秀全开始了他探索救国救民道路上斩邪留正的
伟大实践。

虎门的由来

传说，很久以前，广东沙角西南面是南海龙王经常出没之地。一天，龙王的小女儿亚娘独自跑到大陆海滩上玩耍，并向西游到莲花山。谁知此山上住着一只老虎精，时值有孕，正四处觅捕食物。一见亚娘便猛扑过去。亚娘吓得魂飞魄散，飞步回跑。龙王被震惊马上带着虾兵蟹将奔出龙宫。虾兵蟹将们用神棍将老虎击死。老虎受伤时，生下了一个死胎。可龙王仍不放心，生怕它死而复活，于是用一把金锁将老虎与死胎锁在江中，成了横卧珠江的两座山岛。后人便称之为大小虎山。大小虎山恰似两个看门的卫士，虎门也因此得名。南国诗人廖觅竹的《虎门观海》最是切合地理。

拿云吐气水沧沧，卧虎成门镇一方。

地转南交天渐阔，山趋北斗海犹长。

岂因内外分攘抚，定与贼夷论寇王。

粤土从来多猛士，焉无大将可安邦。

冯 云 山

冯云山（1815—1852），又名乙龙，号绍光。广东花县（今属广州市）人。自幼喜读经史、天文、地理，曾参加科举考试，后在村中设馆授徒，以塾师为业。

1844年5月，冯云山跟随洪秀全离开花县，先去珠江三角洲，然后辗转到广西的贵县赐谷村，宣传拜上帝教，他们在贵县几个月里，吸收了一百多个农

民为信徒。同年10月，洪秀全回花县。冯云山独留浔州，开始其艰苦卓绝的宣传教义、组织发动群众的工作。在古林社，曾靠拾牛粪换点米度日，又在上古林社曾槐英家干过放牛、砍柴、挑水等杂活。后得曾槐英推荐，1845年到荒僻的紫荆山任书馆先生。他白天教书，晚上手提火把，翻山越岭，串村走寨，宣传拜上帝教，发展会众。那些耕山烧炭的山民对他十分信服，在不到三年的时间内，发展了山区农民、烧炭工三千余人加入"拜上帝会"，培养了杨秀清、萧朝贵等一批骨干分子。

1847年秋，洪秀全再次回到广西与冯云山会晤，决定以紫荆山为基地，积蓄革命力量。这时，冯云山协助洪秀全设立"拜上帝会"总机关，参与制定拜上帝会仪式和《十款天条》，率众开展反封建斗争。1848年正月，冯云山遭劣绅控告，曾两次被捕入狱，在狱中坚贞不屈，并创制了一部新历法。同年10月，经会众营救出狱，后返回花县与洪秀全共谋武装起义。

1849年7月，冯云山随洪秀全重回紫荆山区，与杨秀清、萧朝贵等结成异姓兄弟，形成领导核心。1850年与洪秀全往平南花洲组织营团。1851年冯云山参与领导金田起义。

金田起义时，冯云山任前导副军师，领后军主将。起义后于1851年12月，在永安（今蒙山）被封为南王，七千岁。太平天国作出的种种改革，都有冯云山的功劳。他在狱中所创制的《太平天历》被批准颁行，于1852年起施行于太平天国管辖的地区。《天历》以"便民耕种兴作"和"农时为正"。在长江流域实行了14年之久。他还负责订立了《太平军目》《太平官制》《太平礼制》等。

1852年5月，冯云山指挥攻占全州时，中炮受伤。当他处在生命垂危之际，仍对杨秀清说："迅速出兵，休为我一人误了大事。"不久，在蓑衣渡因伤势恶化而牺牲。

杨 秀 清

杨秀清（1821或1823—1856），原名嗣龙，广西桂平紫荆镇平隘新村（今东王冲）人，客家人，依靠耕林烧炭为生。太平天国重要领袖之一，被天王洪秀全封为五王之一的东王，称九千岁，后在1856年的"天京事变"中被杀。

太平天国起义初期，杨秀清作为太平军的实际统帅，基本上采取保存力量和就地打转的作战指导方针。1851年9月下旬，太平军攻占了广西永安州城（今蒙山县）。在讨论下一步行动方向时，洪秀全提出了夺取南京的战略目标。杨秀清对此表示完全赞同，并开始了有明确目标的战略进军。1852年4月，杨秀清指挥太平军巧妙地从永安突围，北攻桂林城。由于桂林城依山傍水，城高且坚，太平军虽英勇作战一个月，却未能攻克。杨秀清及时改变战役计划，下令撤回，挥戈北上，于6月3日攻占全州，12日占领湖南道州。由于杨秀清采取了避实击虚的战略指导方针，摆脱了内线作战的被动处境，开始有意识地打到敌人力量薄弱的外圈，因此，他提出太平军今后的进军方向是："今日上策，……循江而东，略城堡，舍

要害，专意金陵，据为根本……"据此，杨秀清不计较一城一地的得失，1852年7月下旬，久攻长沙不下就主动撤离，而攻占益阳，越过洞庭湖，占领岳阳。12月攻占汉口、汉阳。1853年1月12日，又克武昌。此时太平军迅速发展到50多万人。2月9日，杨秀清下令撤离武昌，水陆并进，顺江东下，于18日克九江，24日克安庆。3月8日兵临金陵城下，经12天的攻打，

于 3 月 20 日战领金陵。太平军进军如此顺利迅速，重要原因之一是得益于杨秀清的高超指挥谋略。当时清军头领评价说："审势度力，如攻桂林不下，则陷全州，攻长沙屡败则下窜湖北……夫攻坚则力倍而多损，攻瑕则力省而效速"。正因为太平军避免了在久攻不下的坚城之前浪费时间与消耗兵力，从而导致这场农民革命战争节节胜利。

斩邪留正解民悬

——太平天国领袖洪秀全

肖　朝　贵

　　肖朝贵生于清嘉庆末年，壮族，武宣县东乡人。1845年在紫荆山加入拜上帝会。1851年1月11日，爆发了金田起义，肖朝贵参加了洪秀全为首的领导核心。3月18日，他在武宣东乡代天兄传言，教育太平军恪守天条命令，和睦团结，互相帮助。扎营不得入村搜索财物，打仗不得临阵退缩，缴获银圆不得私分，特别强调要同心同力打江山。在武宣东乡的会战中，太平军大败清军，取得了金田起义以来最大的胜利。3月23日，洪秀全在东乡莫村登极称天王，建号太平天国，封五军主将，肖朝贵为右弼又正军师、前军主将，仅次于洪秀全、杨秀清而居第三位。

　　1851年7月，清军厚集3万兵，把太平军包围在桂平金田、新圩莫村地区内，形势危急，少数人叛变。7月13日，肖朝贵在莫村配合杨秀清又一次代天兄传言，严厉斥责一些人"各为私，不公心，不忠心"。激励太平军为公莫为私，忠于革命，鼓舞士气，反对叛逃。最后由于太平天国军民的努力，渡过了难关，转危为安。

9月中旬，太平军从新圩突围到平南县的思旺圩。15日，清广西提督向荣在平南官村，拦截太平军。肖朝贵率领的前军和冯云山率领的后军密切配合，以迅雷不及掩耳之势，发起突然袭击。向荣措手不及，阵脚大乱，几乎全军覆没，将领毙命一二十人，大批粮草军械成了太平军的战利品。9月25日，肖朝贵指挥罗大纲率领前锋，一举攻下永安州（今蒙山县城）。

太平军在永安半年中，进行休整和加强农民政权建设，肖朝贵亲自驻扎州城西面二里的寇岭炮台上，指挥太平军的主力部队多次打败清军的军事"围剿"。同年12月17日，天王洪秀全为了表彰"同打江山"的功臣，加封肖朝贵为西王，八千岁。

1852年4月5日，太平军从永安突围北上，肖朝贵督率太平军几千人担负着反击清军追袭的重任。4月7日，清广州副都统乌兰泰率大军尾随追来。肖朝贵和南王冯云山奉命反击。4月8日，歼灭清军四五千人，清将长瑞等四总兵毙命，乌兰泰坠崖受伤。清军在广西主力基本被打垮。

1852年夏，太平军从桂北全州进入湖南期间，东王杨秀清、西王肖朝贵联名发布了《奉天讨胡檄布四方谕》《奉天救世安民谕》《救一切天生天养中国人民谕》等几篇重要檄文。猛烈抨击清朝的倒行逆施，列举了官僚地主剥民脂膏的罪状。宣告了清朝"妖运告终"，"天下一家，共享太平"的新潮来临。号召广大人民大力支援革命。号召从清人员认清革命形势，弃暗投明，共同反清，"同享太平之乐"。这几篇檄文，旗帜鲜明，气势磅礴，对团结人民、孤立敌人、推动革命的胜利，起了重要的宣传鼓动作用。

肖朝贵统帅前军，连克道州、桂阳、安仁、

攸县，急行军170里，于7月25日攻破醴陵，充实了军需给养。7月27日，肖朝贵直薄长沙，在石马铺一战告捷，大败清军，杀守将福诚等一班官僚，然后亲率曾水源、林凤祥、李开芳等几位猛将，领兵在离长沙十里处扎营。

肖朝贵由于率孤军深入，兵力单薄，不能合围长沙，只好占据城南外的妙高峰、鳌山庙，抢修工事，以作侧面攻城。这时，长沙清兵增至10万之众，清将江忠源率援军亦赶到，与夺城南高地天心阁和蔡公坟两地，夹击太平军。7月28日，肖朝贵拔队攻城，当天上午，连破清方营盘多座，乘胜推进七八里，杀死杀伤清方将官数十人、清兵2000多人，缴获火药4000余担，以及大小火炮和军粮无数，取得了重大的胜利。但是，太平军付出了重大的代价，局部的胜利无法扭转整个战局，长沙仍无法攻下。7月29日，肖朝贵亲带卫队临阵指挥。在激战中他勇猛刚强，异常英武。但不幸被清军发炮击中胸部，壮烈牺牲。殉难时年仅30余岁。

展影响捣毁甘王庙
树权威鞭挞孔圣人

　　1847年10月间，洪秀全从黄泥冲迁居高坑冲，继续为武装反抗清朝政府做准备工作。一路上，几乎每到一处都有许多的"甘王"庙，洪秀全向老乡打听："哪里来的这么多的甘王庙啊？"老乡回答他："这还不知道？在咱们广西东南、中部走到哪都有甘王庙。"洪秀全深有所思，继续前行。途经象州的时候，只见这里人山人海，男女老幼全都纷纷围着一个好大的甘王

甘王庙

旺盛的香火

庙烧香叩头，诚惶诚恐，一幅恭敬、虔诚的样子。洪秀全也走上前去，向烧香的人打听："这儿的甘王庙有这么灵验吗？怎么这么多人都烧香啊？"信徒们听他言语不恭，对他说："这个甘王好厉害的，你年轻人可别口没遮拦，招灾惹祸啊！"洪秀全见人人害怕的样子，再问也没有说什么，便一路走去。到了高坑冲，他特意向房东打听有关甘王的事情。原来，传说中的"甘王"是玉皇大帝派到人世间来，专门赏善罚恶的一个神仙。平常百姓谁也不敢冒犯得罪他，否则，轻的要遭灾闹病，重

斩邪留正解民悬
——太平天国领袖洪秀全

大藤峡弩滩甘王庙

甘王庙屋顶

的还会家破人亡。像这样一个不分善恶的赏善罚恶之神，谁还敢不敬畏有加，烧香磕头呢。洪秀全又问道："这么多的甘王庙，为什么唯独象州的甘王庙最灵验呢？"房东告诉他，象州的甘王可不得了，据说有一次，象州的州官老爷乘轿经过甘王庙，也没进去烧香。那甘王见州官对他不理不睬，官气十足，当时就把神灵附在了一个少年身上，硬是冲上前去，把州官老爷从轿上给拖下来，逼着州官老爷进庙烧香、磕头。还专门给甘王塑像披上一件龙袍才让他走的，那么大的州官老爷也没敢拒绝甘王的要求，怕的就是丢官遭灾，家破人亡。这儿的甘王有这么大的神威，到处流传，人人都知道的。所以，不论远近的人都争着去象州敬拜，祈求去祸消灾，谁敢不信啊！洪秀全想道，人人都信甘王，谁还来拜上帝，不破除对这些邪魔歪道的

甘王庙屋顶特写

迷信，哪还有唯一真神的权威呢。经过与冯云山等人的商议，洪秀全决定，为了扩大拜上帝教的影响，确立唯一真神皇上帝的权威，一定要先拿这个神力最大、香火最盛的象州甘王庙开刀，用这种打翻邪神偶像的办法，夺回神权，用行动来证明皇上帝的威力。到了10月24日这一天，洪秀全与冯云山带着一些拜上帝教的教徒，出发了。他们不怕路远山高，整整走了两天才来到象州甘王庙。洪秀全手持一根竹竿，敲打着甘王的泥脑袋，喝问他说："我是真命天子，你认得我吗？"接着，他转对大家，大声宣布："这个所谓的'甘王'，犯有十恶不赦的大罪，天理难容。""众教徒，把这冒充神圣的妖魔给我打翻在地！"教徒们听令以后，蜂拥上前，一把推倒了甘王的泥胎塑像，把甘王的胡须也给拔掉了，帽子踏烂，龙袍扯毁，手脚扭断；再把庙里的香炉、祭器等等一律捣碎；再拿起竹竿，痛打甘王的残破泥身。洪秀全在庙里墙上挥毫题诗一首："题诗行檄斥甘妖，该灭该诛罪不饶。打死母亲干国法，欺瞒上帝犯天条。迷缠男妇雷当劈，害累世人火定烧。作速潜藏归地狱，

腥身岂得挂龙袍。"接下来，洪秀全大步走到庙外，拿出一张事先准备好了的除妖布告，贴在了庙外墙上，转过身来，又郑重地对围拢过来的百姓说："我是奉了上帝的命令，代表上帝亲自到这里来，专程捣毁这个妖魔的。从今天起，上帝命令这个妖魔，永远不准再在人世间作妖作怪，迷惑人间百姓；上帝还有命令，凡是住在这附近的百姓，永远不准重新建立这个妖魔的庙，不许再崇拜这只邪魔。如果有人胆敢对抗如上命令，一定要和此妖魔一样，治以重罪。"围观洪秀全捣毁甘王庙的当地人一下子议论开了，这个说："这个洪秀全可真是了不起呀，不知靠的什么力量，竟然把法力无边，报应灵验的甘王神像打翻在地了。"那个说："这还真得看看谁的本事大，神可不好惹的呀！"

甘王庙近景

"你看那洪秀全还不是安然无恙吗，可这甘王却已被打得个稀巴烂了，这甘王咋不用整治州府老爷的本事来显个灵呢?""可不是吗，看来这甘王还真服了这上帝的命令了。""可不得了了，要是甘王服了上帝，任他砍头、断脚，自认妖魔，不敢反抗，这上帝可是真神仙。""好个真神，咱这凡夫俗子可不敢不听他那天条了，消灾避祸，全凭这真神仙吧。"这一群群的百姓你指指，他点点，都觉着洪秀全战胜了甘王爷，称得上是天下第一奇人了！于是呼啦啦跪倒一大片，发誓再也不拜邪魔，都崇这个真神仙了。

　　人群一散，洪秀全率领众教徒捣毁甘王庙这件事，一下子就传向了四面八方。各个城、镇、村寨越传越

拜庙用的香炉

——太平天国领袖洪秀全

斩邪留正解民悬

多，越传越神。从
此，无论远近，人
人都知道有个奇人
洪秀全了。人们又
纷纷在各地放弃了
一度信奉的甘王
庙，改信了真神拜
上帝教，一时间，

祭器

加入拜上帝教的信徒增加了好多人。人们再也不怕封
建官府用来吓人的神鬼妖怪了，反抗官府的勇气也增
加了。洪秀全趁热打铁，彻底摧毁套在人们精神上的
封建神权枷锁，带头发动紫荆山、金田等地的拜上帝
教教徒，采取激烈的行动，把紫荆山区以内左右两水
的社稷神明纷纷捣毁践踏，祭器、香炉一律打碎。并
且把人们供奉的雷庙、三界庙、阡陌庙中的偶像，以
及灶神、稷神、坛神、土地、伯公石等等，全部毁弃，
从而进一步扩大了拜上帝教的影响力。

　　有砸庙的，就有护庙的；有痛快的，就有心疼的。
地主阶级靠的就是鬼神迷信来作为对农民的精神统治
工具，拜上帝教徒在紫荆山、金田等地掀起的毁神庙，
打偶像活动，自然引起地主豪绅的惶恐与愤恨。在紫
荆山区石人村里，就有这么一个道貌岸然而又异常奸

诘的恶霸，叫王作新。他不仅有钱有势，而且还经办地方地主武装——团练。他仗势欺人，横行乡里，包揽词讼，无恶不作，反倒中了个秀才。当地群众对他又畏又恨，称他是"王老虎"，"食（石）人王"。他听说他的父亲倡建的蒙冲雷庙被拜上帝教给捣毁了，就好像毁了他父亲一样，捶胸顿足，号啕大哭，立即派人去抓肇事者。他们找不到洪秀全，就把熟知的冯云山逮捕起来，交给保正押送解官。拜上帝教的教徒闻讯后，在押解途中抢回了冯云山。于是，王作新向桂平县衙门控告冯云山，说他假借宣扬上帝的妖书，结成同盟，有意践踏社稷神明，又说他要追随西鬼洋人，不遵从清朝法律，要求县府严拿查办。当时拜上帝教

——太平天国领袖洪秀全

斩邪留正解民悬

雷公庙

已是声威大振，遍及贵县、平南、藤县、陆川、博白等处，桂平知县也慑于拜上帝教的声势，害怕扩大势态，引起农民动乱，自己也就难逃责任，乌纱不保。因此，也不敢为王作新所付小利，轻

举妄动，便采取大事化小，小事化了的态度。认为王作新所诉不实，明明是因为捣毁社坛引起的争执，却偏偏捏造罪名，言过其实，因此拒绝受理此案。可王作新并不甘心，竟然亲自率领团丁把冯云山及一些教徒一起抓走，以"阳为拜教，阴图谋反"，"先打神，后打人，争王夺国"为罪名，押送到大湟扛巡桅司处，投入了监狱，再出贿巨款，非要置之于死地而后快。

听到冯云山被捕入狱的消息，洪秀全急忙赶回紫荆山设法营救。在困难时刻，洪秀全忽然想起，两广总督耆英已经奏准清朝皇帝，准许中国人和外国人信仰并宣传基督教，为了不暴露准备反抗清廷的情况，

他准备利用这一合法方式营救冯云山出狱。于是，他把自己的想法与紫荆山的教徒认真进行协商之后，便火速赶往广东，准备向总督衙门禀告，请求释放因信教而被捕入狱的冯云山等人。然而，他的计划却无由实现，完全落空，只好急急返回广西。一筹莫展，空自焦急之余，洪秀全只好把对冯云山深情地眷念和炽热情感融进诗中。与此同时，紫荆山拜上帝教徒自动筹集几百串钱，买通了浔州知府和桂平知县，具禀提出传教无罪的申诉，终于以无业游民之名释放了冯云山，并派了两名差役押回原籍广东。押解途中，冯云山一路宣传拜上帝的道理，又讲了清廷的腐败，百姓的困苦生活。两名差役也是穷人出身，见冯云山句句是实，都是为了老百姓能过上好日子，哪是什么犯罪，就问冯云山："你讲的这上帝是不是奇人洪秀全讲的上

斩邪留正解民悬
——太平天国领袖洪秀全

洪秀全

帝，专治妖魔，救护穷人的呀？"冯云山说："正是洪教主讲的上帝，我们连甘王一类的妖魔都不怕，还怕什么衙门、豪绅这种小妖魔吗？将来我们奉命斩妖的时候，要把他们一律诛杀，我看你俩也是穷苦人，才

洪秀全像

讲清道理，千万别再追随邪魔，以免受难遭殃，只有信奉唯一真神上帝，才能避祸消灾，过好日子。"两人一听如此，可不跟着邪魔遭灾了，一商量，干脆放了冯云山，跟着冯云山到了紫荆山，也加入了拜上帝教。

　　1848年冬天，洪秀全和冯云山回到故乡花县。他们经常到山野之间相聚，秘密协商发动反清起义的准备工作。为了进一步坚定教徒的信仰，他们经过长期谋划，杜撰出了一个动人的政治神话，这就是历史上著名的《太平天日》。记述了洪秀全在1837年梦中升天受命和觉醒以后两次前往广西传教的故事。其中写道：当时是皇上帝特意派天使接洪秀全上了高天，天母替他洗出周身污秽，又将他开膛破腹，除旧换新；接下来天父皇上帝又指点给他人世间妖魔迷人害世的

洪秀全
1814—1864

种种情形，并且亲手赐给他一方"金玺"，一把宝剑，还带着他亲自驱除了妖魔头领。皇上帝告诉他，他是皇上帝的第二个儿子，是天兄耶稣的胞弟。因此，天父皇上帝封他为"太平天王大道君王全"，特差遣他下凡诛除妖魔，拯救世人，"斩邪留正"，主宰一切，做一个统治天下万国的真命天子。这一神话故事在动员群众反清起义中起了重要作用。

1849年7月，洪秀全和冯云山回到紫荆山区，广泛宣传《太平天日》，拜上帝教影响更加深远，许许多多的老百姓不分男女老幼，携带家眷、家财，成群结队地来加入拜上帝教，与以前相比，情景大不相同了。由于徒众日渐增多，难免时常出现教徒与官府、地主豪绅之间的冲突，形式发展，已使拜上帝教的政治目的日益明显，为免行迹暴露，洪秀全立即着手筹划起义的具体事务。一场席卷全国18个省的天国风暴，已到了山雨欲来的前夜。

斩阎罗金田起义
建天国永安封王

　　1849年至1850年间，广西全省水、旱、风、虫等自然灾害接踵而至，连年不断。到处田园荒废，饿殍遍野，难民无数。官府无视民灾，照旧征粮收税，地主、豪绅崔租逼债，霸占田地，乘机敛财。天灾人祸之下苦苦挣扎的人民奋起反抗。拜上帝教的势力也得到了空前的发展，并产生了杨秀清、肖朝贵、韦昌辉、石达开等一批骨干分子，以洪秀全为核心，组成了领导起义的机构，打江山、创新朝成为他们共同的理想事业。

　　由于拜上帝教力量发展壮大，各地的教徒普遍建立了"大馆"的分支机构，由过去的秘密活动转变为公开准备。洪秀全还亲自带领教徒们把各地、各家的土地公公、灶王老爷、神主牌位统统砸烂。打神庙、毁神像，更加刺痛了封建地主阶级。因此，拜上帝教徒与地主团练、清朝兵勇之间的矛盾更加尖锐了，并且不断发生流血争斗的事件。天灾人祸，官逼民反，拜上帝教教徒面对官府、豪绅的敲诈、捕杀，已经忍

太平天国纪念碑

无可忍，起义反清已成为拜上帝教徒和广大人民群众的共同愿望。

揭竿而起的大好时机到来了，各项准备也已经就绪。在万事俱备的时刻，多年压抑，韬光养晦的洪秀全兴奋异常，一种改朝换代、荡清环宇的强烈愿望勃然而发。为了表述难以压抑的激情，他挥笔写下了气势恢宏的诗篇："近世烟氛大不同，知天有意启英雄。神州被陷从难陷，上帝当崇毕竟崇。明主敲诗

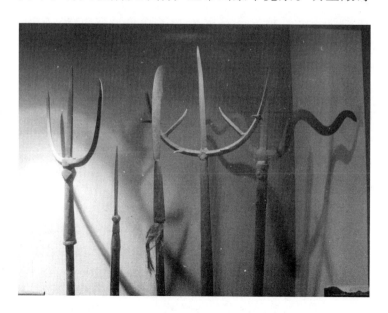

060

曾咏菊，汉皇置酒尚歌风。古来事业由人做，黑雾收残一鉴中。"1850年6月，洪秀全派人到广东花县，把他的亲戚族人、一家老小全部接到广西，解除了反清起义的后顾之忧。之后，洪秀全发布总动员令，派人前往各县，紧急通知所有拜上帝教教徒迅速向广西金田集中，将分散的力量凝聚起来，练兵备战，准备起义。

命令下达以后，紫荆山下金田地区几千名教徒首先集中起来，冲击介垌村恶霸和甘皇邻村地主、讼棍，兴师问罪，分光了他们的钱粮财物。紫荆山区壮村瑶寨3000教徒汇集一处，有仇报仇，有怨报怨，一把火烧掉了无恶不作、追捕过冯云山的地主王作新的家。

石达开率领贵县千名教徒祭旗誓师，取道六乌山口，开拔到桂平白沙圩。开炉造炮，广集教徒，队伍扩充到4000多人，开往金田。

龙山千名矿工在秦日纲率领下挥师东进，途中与3000多客家人汇合，到达金田。粤、桂交界地区广大拜上帝教徒闻风而动。黄文金集中教徒以后，在博白、廉江地区打败了地主团练，汇合附近教徒，同进金田。途中遇到闻讯堵截的清兵、团练，他们奋起神威，冲破清兵队伍，取得了胜利。

平南鹏化山区汉、壮、瑶族教徒千余人，查抄了反动团总的家，处死了几个地主恶霸。这时，他们听到消息说教主洪秀全正隐居在平南花洲。于是，他们非常兴奋地赶到了花洲，去拜见教主。洪秀全热情接见了鹏化教徒，把他们与当地教徒合编一处，守卫花洲。正在大家兴高采烈的时候，忽然一个教徒匆匆忙忙跑来，向洪秀全报告："报告教主，远处有大批清兵

斩邪留正解民悬
——太平天国领袖洪秀全

洪秀全纪念馆内壁画

洪秀全纪念馆内壁画

向花洲开来。"洪秀全立刻命令胡以晃率领教徒沿花洲
布置抗敌。原来，拜上帝教的大集中，已经使清政府
感到了威胁，就在鹏化教徒前往花洲的同时，清政府
也探知在平南花洲住有拜上帝教的首脑人物。于是就
派了浔州协副将、平南知县、秦川司巡检等将领率着
大批清兵，赶往花洲，要杀尽拜上帝教首脑人物，永
绝后患。胡以晃奉令防卫花洲，立刻派教徒占据了有
利地形，正赶上清兵到来，众教徒奋起冲杀，打得清
兵措手不及。清兵将领见花洲有备，便依仗优势兵力，
团团包围了花洲。紧急关头，洪秀全亲临前线，查看
了形势以后，果断决定，不能与清兵纠缠，立即派人
冲过清兵封锁线，赶往金田请兵增援。拜上帝教徒誓
死保卫洪秀全，都纷纷请战。胡以晃决定派出一队教
徒佯装突围，另一队教徒乘机突破封锁，翻山越岭而

去。正在金田练兵的杨秀清接到消息以后，立即组织大批教徒，火速赶往花洲，增援教主洪秀全。清军见大批拜上帝教徒漫山攻来，一下子乱了营阵。洪秀全乘势下令花洲教徒奋起攻击，清军溃不成军，败下阵来。杨秀清看准了敌军帅旗，一箭射去，清军主帅中箭而亡。这一下，清军自相践踏，纷纷四散奔逃了。杨秀清进入花洲，拜见洪秀全："报知教主，清军已溃，花洲已彻底解围，秀清恭代全体教徒，迎接教主主事金田，共举义旗！"洪秀全扶起爱将，立时决定："众教徒结队集中，同往金田。"他们带着胜利的微笑，离开了平南花洲。

到1850年下半年，20000多名拜上帝教教徒全部

洪秀全故居

斩邪留正解民悬
——太平天国领袖洪秀全

集中到了洪秀全的旗帜之下，完成了向金田集中的任务，从而揭开了武装反抗清朝政府的序幕。

洪秀全即刻着手制定一系列的制度、政策、措施，以统筹全局。为了把教徒组织成为严密、强大的农民军，洪秀全按照《周礼》组编了"太平军"，以军为基本作战单位，编成军制，以"天王"为全军的最高统帅。洪秀全还把女教徒也组织起来，编为女军，充分发挥妇女的战斗作用。来自各地的教徒，都是抱着破釜沉舟的决心参加团营的，有人变卖了田产、房屋，有的人把田产、房屋送给了亲朋，有的人卖无所卖，送无所送，索性抛弃或放火烧去，义无反顾，誓与清廷斗争到底，许多都是举家相从。如何处置这许多人

财产管理、分配，调动大家的积极性，齐心斩妖，是一个很重要的问题。洪秀全严格规定，参加团营的教徒们必须将自己的一切所有缴纳到公库，全体教徒的衣、食、住、行也都由公库开支，上帝面前人人平等。并以制度的方式，确定下来，称为"圣库"。在地主、豪绅残酷压榨之下的劳苦大众，眼看着拜上帝教徒奉献私财，在抄没富绅大户家财之后，一律上交圣库；看到他们不仅宣传斩妖除魔，天下太平，而且真正敢于消灭恶霸，有饭同吃，有衣同穿，平等

平均，这才是世代百姓盼望中的美好制度，这样的太平军才真是咱老百姓的军队，我们何苦还为满清王朝当顺民呢？于是，成千上万的劳动群众手拿大刀，肩扛长矛，男女老幼成群结队地奔向金田，

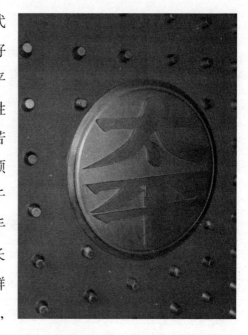

一时间大道上人流不断，络绎不绝，金田住房人满为患。人们争相传诵着一段歌谣："换个朝来立个王，带兵最好数洪杨，吃饭官兵同张桌，睡觉官兵共个房。洪杨带头打天下，哪个穷人不跟来？生死紧跟洪杨走，哪个反心不是人！"洪秀全不仅制定制度，而且身体力行，他同太平军士兵一样穿着带补丁的衣服，一样穿着草鞋，一同打神庙、烧当铺、杀财主、演操练，同甘共苦，树立起万众瞩目的榜样，从而使太平军万众一心，气势如虹，形成了星火燎原之势。

金田集中、团营练兵的浩大声势，使腐败的清朝政府终于意识到了拜上帝教的政治目的。在紧急事态

发展的情况下，清朝政府加紧调兵遣将，集中各路大军，纷纷向金田一带集中，企图以武力迅速扑灭拜上帝教，息烈火于未燃之时。

1851年元旦这一天，清朝贵州总兵周凤岐、清江协副将伊克坦布串领着几千名清兵，气势汹汹地攻向了金田。面对危局，洪秀全、冯云山、杨秀清等人紧急磋商，洪秀全认为："敌势凶猛，不能和他们正面硬拼，新圩附近地形有利，可以派出伏兵，出其不意地打乱清妖阵脚，挫其锐气，再分割包围，当可以一鼓作气，予以歼灭。"冯云山、杨秀清深感此法正确，一致同意并奉命部署作战，清军一路进击，自认为兵强马壮，对付这些企图叛乱的农民，势必会马到成功。正当他们洋洋自得、贸然深入之际，埋伏在金田新圩

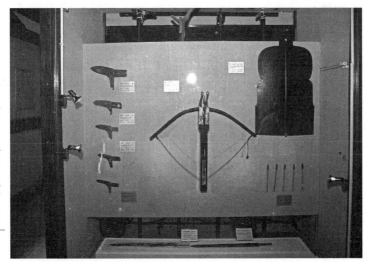

太平军使用的弩

洪秀全纪念馆内浮雕

附近的太平军从四面八方攻杀过来，喊声震天，一下子砍翻了许多清兵，截断了清兵退路。洪秀全、冯云山、杨秀清亲自上阵冲锋，太平军见主帅勇猛，信心倍增，竟将清军分割包围，斩成了数段。清兵首尾不能相顾，乱成一团，由骄兵变成了一群惊弓之鸟，争相逃命。清将伊克坦布惊慌失措，以为天兵天降，吓得肝胆俱裂，为了保命，他抛下兵丁，拍马狂逃，在乱军当中尽力冲到蔡村江桥之下，太平军奋勇阻截，一名太平军舍身猛砍，斩断了马腿，伊克坦布跌在乱军当中，被太平军乱刀砍死。另一清将周凤岐赶紧收拢兵丁，左冲右突，万般无奈，逃入一片丛林，据险抵抗，却始终无法冲出太平军的重重包围。直到夜幕降临以后，才借黑暗的掩护，侥幸带着几名护卫的残兵，狼狈逃掉。

1851年1月11日，这一天是拜上帝教教主洪秀全38岁的生日，刚刚打了个大胜仗的广大拜上帝教的教徒们，在金田地区尽情欢庆。在一片祝捷、祝寿声中，洪秀全起身走向高台，向全体教徒庄严宣布："从今日起，我们拜上帝教正式宣布开始反清起义，并正式定名为'太平天国'。在此，我正式颁布《五大纪律诏》，请全军将士一体遵行，为追求天下太平，奋勇斩尽清妖，创建一个平等、平均、人人幸福美满新社会！"广大教

太平天国纪念馆内浮雕

069

斩邪留正解民悬
——太平天国领袖洪秀全

徒欢声雷动，高举义旗。从此，一场震撼世界的伟大的中国农民战争正式开始了。

　　金田起义的第三天，洪秀全率领着太平军开始离开金田，向东出击，一举攻占了距离金田村20多里的江口圩。这里正好是水、陆交通的要道，进退自如，而且物产丰富。洪秀全决定以石头脚村的地主庄园作为王府，将太平军驻扎下来，补充军需、给养，以利再战。同时，洪秀全还四处派人活动，联络在浔江两岸坚持抗清斗争的10多支天地会的反清武装，动员他们一同参加太平天国的反清起义，这些天地会武装纷纷加入太平军，从而进一步扩大了太平军的力量。这时，清朝广西提督向荣率领大军，妄图一举镇压太平天国起义，洪秀全指挥太平军，在牛排岭、屈甲洲一带，连续打败了向荣的军队。向荣屡攻不果，只好收集残兵封锁了浔江水道，以优势兵力形成对江口圩的包围，企图以守为攻，困死太平军。洪秀全驻兵目的已经达到，果断统帅太平军乘敌之隙撤离江口圩，抛开强敌，经过金田，翻过紫荆山。进入武宣县境内，设立大营于武宣东乡．向荣带领的清军发现太平军已乘夜西去，仓皇起营追来，在三里圩东岭一带扎营对垒，仍想消灭太平军。洪秀全早已胸有成竹，趁清军远道而来，立足未稳，部署未定之机，指挥太平军主动出击，冲乱清军营盘，继而主动撤离，诱敌深入到台村、灵湖一带，伏兵四起，奋勇杀敌，诱敌之兵席卷而回，前后夹击，几乎全歼了清军。灵湖大捷，军心大振，百姓欢呼。洪秀全在万众祝捷声中，在武宣东乡宣布"登极"，

洪秀全纪念馆

太平天国纪念馆内浮雕

正式称"天王",加封杨秀清、肖朝贵、冯云山、韦昌辉、石达开为太平军五军主将。

正当此时,清军采用以守为攻、步步为营、连营进逼的办法,不断增兵,企图再次困死太平军。洪秀全率领将士在东乡一带浴血奋战两个多月,连挫清军;为了避开锋芒、避实击虚,避免无谓伤亡,5月15日,太平军再次乘夜突然撤离东乡,进入象州。

象州清军猝不及防，太平军长驱直入，几天内就攻占
了县城等要地。半个月后，清军轰然而至，步步进逼。
洪秀全率部主动攻击，夜袭清军大营，再败清军。清
军屡败之后，又采取包围战术，切断太平军粮草供应，
并不惜巨金，收买内奸，妄图瓦解太平军。清廷重臣
赛尚阿也抵达桂林，调集大军云集象州。面对危局，
洪秀全当机立断，制造假象迷惑清军，秘密下令全军
悄悄撤离象州，重返紫荆、金田地区，凭险设防。就
在太平军撤退的同一天，赛尚阿指挥30000多清军兵

分两路，直扑太平天国发祥之地紫荆、金田。太平军也分兵两路，奋勇迎敌。清军利用大雾作掩护，猛攻东乡进入紫荆山区的唯一隘口猪仔峡和紫荆山西北门户双髻岭，并一举攻破。危机时刻，杨秀清执行天条，处决了临阵退缩、阴谋投敌的叛徒，洪秀全鼓励将士斗争到底。清军长驱直入，包围太平军于仅有10里的狭长地区。生死关头，洪秀全颁布诏令，号召各军将士同心同力同向前，奋勇杀敌，并且宣称万事都有天父做主，天兄承当。坚定将士信心，从容指挥太平军大量砍伐竹林，捆扎竹筏，伪造成将从水路突围的假象。继而当众赋诗："真神能造山河海，任那妖魔一面来！天罗地网重围住，尔们兵将把心开。日夜巡逻严预备，运筹设策夜衔枚，岳飞五百破十万，何况妖魔灭绝该！"太平军将士瞩目主帅临危不惧，处险不惊，挥毫歌咏的气势，倍受鼓舞。9月11日，在成功地迷惑清军

之后，太平军利用中秋月色，攀山越涧，脱离险区，攻克平南思旺圩。全力加强浔江防务，计划乘太平军突围围歼的清军，直到第二天才发现太平军人去营空，急速追赶，并调兵阻截。洪秀全率军突然回头，袭击向荣大营。向荣猝不及防，一败涂地，只好收拢残兵，仓皇逃窜。太平军乘胜前进。

洪秀全分兵水、陆两路，直奔永安。9月20日，陆路大军进入藤县境内，大黎山区拜上帝教教徒和许多贫苦农民纷纷加入太平军，群情振奋。23日，罗大纲率领先头部队抢占要地古眉峡。25日，太平军强攻永安州城，永安州大小官吏失城自杀，太平军攻占了起义以来的第一座州城，这里四面环山，进可攻、退可守，是太平军休养生息的大好时机。

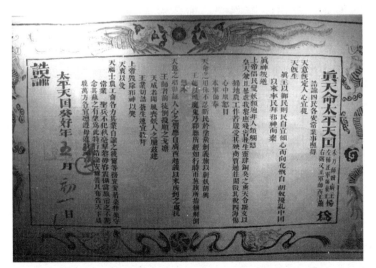

　　10月1日，洪秀全在全城军民的欢呼声中，开进永安州，设州署衙门为天王府，设州府正堂为天朝。并向各军各营官兵颁布诏令，要求大家齐心协力，弃私为公，重申圣库制度。他还派人四处张贴安民告示，向百姓申明，太平军入境，只为诛杀清妖，绝不伤害百姓，严格执行律令，所有将士对百姓秋毫莫犯。永安州的百姓们深感太平军纪律严明，大别于清兵，纷纷要求入营当兵。形势安定以后，洪秀全领导军民惩办了协助清兵、团练的土豪劣绅、贪官污吏，烧毁了官府粮册、案卷，动员军民抢割地主田禾，一半送给百姓，一半收归圣库，禁止地主收租，深得农民欢迎。清军尾追太平军，集结四万六千多人包围永安，占据山口要道，断绝水陆交通，并对永安州进行了严密的封锁，以图困死太平军，并以投毒、暗杀等手段配合进攻。深深拥戴太平天国的许多百姓，冒死偷运物资帮助太平军。洪秀全在永安军民的共同努力下，达到了在永安休整的目的。1851年12月，洪秀全发布命令，特别封杨秀清、肖朝贵、冯云山、韦昌辉、石达开为东、西、南、北、翼王，明令所封各王，俱受东王节制。至此，太平天国起义取得了初步胜利。

金田起义历史背景

金田起义的前夜，正是鸦片战争后十年。中国社会的主要矛盾，是农民阶级与地主阶级之间的矛盾。这种矛盾的尖锐化，可以追溯到一个世纪以前。原来清初经过明末农民大起义和入关后的战争，社会经济在遭受严重破坏之后，到十七世纪末叶已经逐渐恢复起来。利用社会经济生活比较安定，地主阶级贪得无厌地进行积累财富，于是出现了土地兼并和商业与高利贷发达的现象。西方资本主义向东方进行

侵略，并到处激起反抗的时代。封建的中国，在1840年鸦片战争中，被卷入西方资本主义的漩涡里面。正当西方资本主义侵略者刚刚侵入中国的时候，全国各地，到处都孕育着革命的种子。英国的鸦片，腐蚀了清朝的统治；英国的大炮，也惊醒了中国广大人民。中国社会正在起着空前未有的大变化，不论南方与北方，城市与乡村，全部都动荡起来。起义的农民，已经在中国的广西点起革命的火把，烽火烧遍了全广西。在洪秀全的带领下，终于爆发金田起义。

斩邪留正解民悬
——太平天国领袖洪秀全

创新朝定都南京
改地制四有二无

　　永安封王之后，洪秀全再次决定实行战略转移。1852年4月5日，太平军利用春寒浓夜，冒雨飞夺铜关铁卡古苏冲，向昭平方向挥师急进。第二天中午，清军发现永安城中太平军不翼而飞，人去城空，紧追不舍。太平军为了摆脱敌人，在仙回岭伏兵杀敌，取得了胜利，进入大峒、三姝瑶一带休整。洪秀全宣传"天下总一家，凡间皆兄弟"的主张，太平军尊重、爱

洪秀全就在这棵大玉兰树下封王

护瑶胞，深深地感动了当地瑶族同胞，纷纷供给太平军，加入太平军中，并把洪秀全传道土岭命名为"洪王岗"，世代相传。

休整后的太平军奔袭省城桂林，清军设防后，太平军围攻桂林1个月之久，突然撤离桂林，开往全州，在蓑衣渡遇清军埋伏，鏖战两昼夜，冯云山不幸牺牲，情况万分危机。洪秀全审时度势，果断决定自行焚烧船只，丢弃辎重米粮，乘夜翻山越岭，进入湖南，攻占道州，再取郴州，继续扩军。为了张大声势，洪秀全颁行《奉天诛妖救世安民谕》《奉天讨胡檄布四方谕》《救一切天生天养中国人民谕》，痛斥当朝咸丰皇帝为妖头鬼头，宣布"妖运告终"，号召人民替天诛妖，同享太平。三谕发布后产生了极大影响，人民纷纷投奔太平军，日以千计，达到四五万人，并以耒阳矿工组建"土营"，提高了攻城能力，并进而强攻长沙，再克益阳，渡洞庭湖占岳州，缴获船只近万艘，饷银十万，太平军已发展到十万人。洪秀全正式创建"水营"，率军进入长江，水陆并进，长驱而下，挺进湖北武昌。1853年1月攻克武昌，夺取了起义以来第一座省城。洪秀全传令杀妖，严肃圣库制度，重申军纪，广泛宣传拜上帝教。劳苦大众归之如流，太平军迅速增加到五十多万。

清廷咸丰皇帝一面调兵遣将围攻武昌，一面大搞鬼神迷信活动。他认为，只要把洪秀全、杨秀清的祖坟风水龙脉破坏了，就会泄了他们的"王气"，洪秀全、杨秀清也就成不了大事。于是他命令两广总

洪秀全的龙袍

督和广西巡抚迅速派人挖掘洪秀全、杨秀清的祖坟，再调重兵保卫中原，维护自己的腐朽统治。

1853年2月9日，洪秀全在武昌城内放炮祭旗，统帅五十多万大军，水陆并进，蔽江而下，向金陵(南京)进发。一路势如破竹，一个月内过江西，下安徽，直捣金陵，12天内就占领了数朝古都。洪秀全改两江总督衙门为天王府，正式宣布建都金陵，改称天京，实现了多年所愿的伟大变革。

定都天京以后，为了实现改造中国的理想，洪秀全颁布了反对封建土地所有制度的纲领性文献《天朝田亩制度》，规定：把天下田地按产分为9等，依人口不分男女分配土地，15岁以下儿童减半；正式设立国库，郡设总制，县设监军，天王直接掌握任免升迁；

实行寓兵于农，兵民合一的制度；凡天下婚姻不论财，革除一切旧习歪例、陋习。并且描绘了一幅"天下共享天父上主皇上帝大福，有田同耕，有饭同食，有衣同穿，有钱同使，无处不均匀，无人不饱暖"的理想社会蓝图。在这个理想社会中，人民丰衣足食，安居乐业，讲信修睦，老有所养，弱有所依，它反映了劳动群众拥有美好生活的愿望，代表了当时广大农民的利益，推动了革命的发展。《天朝田亩制度》成为太平天国以土地问题为中心的社会改革总纲领，它继续发展了中国历代农民战争中提出的"等贵贱、均贫富"的思想，并将中国旧式农民战争推向了废除封建土地所有制度的新高峰。

1853年到1856年间，太平天国为了捣毁清朝统治中心，巩固新生的农民政权，展开了北伐和西征。1853年5月，两万北伐军轻装北进，绕路皖北、河南、山西、宜隶，直达天津郊外，由于孤军深入，惨遭失败。北伐的同时，太平军又开辟了西征战场，夺取安徽、江西、两湖地区，立乡官，建政权。到1856年，长江变成了太平天国的一条运河，粮食和各种作战物资源源运入天京，取得了西征的重大胜利。

　　为了解除清军对天京的威胁，洪秀全命令太平军出击江南、江北，青年将领陈五成驾驶小船，乘黑夜穿过清军封锁线，把作战计划带给太平军镇江守将，内外夹攻，连破清军大小营垒，大破江北大营。另一支太平军从天京出发，会合石达开2万大军进攻孝陵

镇江古城

——斩邪留正解民悬

太平天国领袖洪秀全

卫，一举击溃了清军江南大营。到1856年上半年，东起镇江，西到武汉，包括江西、安徽大部

洪秀全故居

分地区在内，都属于太平天国区域。至此，太平天国在军事上达到了全盛时期。一代天骄洪秀全达到了"斩邪留正解民悬"的伟大志愿。

　　农民出身的知识分子洪秀全，从对黑暗社会深怀不满的失意文人，转变为太平天国农民起义的领袖，经历了长期的思想演变过程。在外敌入侵，民族危亡，清廷腐败的历史环境之下，受人民反侵略斗争的感召，顺应时代的潮流，成长为一位非凡的历史英雄人物。他所领导的太平天国运动，敲响了封建专制统治的丧钟，开启了中国近代民主革命的先河，推动了中国历史的发展。

石 达 开

1831年，石达开出生于广西贵县（今贵港市）北山里那邦村一个小康之家，汉族客家人，但有壮族血统(他的母亲是壮族人)，有两妹一姊，没有兄弟。石达开幼年丧父，八、九岁起独撑门户，务农经商之余，习武修文不辍，十三岁时处事已有成人风范。因侠义好施，常为人排难解纷，年未弱冠即被尊称为"石相公"。

石达开十六岁那年，洪秀全、冯云山慕名来访，邀其共图大计。石达开慨然允诺，三年后率四千余人参加金田起义，被封为左军主将。1851年12月，太平天国在永安建制，石达开晋封"翼王五千岁"，意为"羽翼天朝"。石达开随太平军转战数省，战功卓著。太平军在长沙城下陷入清军反包围，形势万分危急，石达开率部西渡湘江，开辟河西基地，缓解了太平军的缺粮之危。夺岳阳，占武汉，自武昌东下金陵，二十八天挺进一千八百里，战无不胜，攻无不克，令清军闻风丧胆，号之曰"石敢当"。

1853年3月，太平天国定都金陵，改号天京，石达开留京辅佐东王杨秀清处理政务。定都之后，诸王享乐主义抬头，广选美女，为修王府而毁民宅，据国库财富为己有，唯石达开洁身自好，从不参与。

1853年秋，石达开奉命出镇安庆，节制西征。他打破太平天国以往重视攻占城池、轻视根据地建设的传统，采取稳扎稳打的策略，逐步扩大根据地范围，亲自指挥攻克清安徽临时省会庐州（今合肥），迫使名将江忠源自尽。过去，太平天国没有基层政府，地方行政一片空白，石达开到安徽后，组织各地人民登记户口，选举基层官吏，又开科举试，招揽人才，建立起省、郡、县三级地方行政体系，使太平天国真正具备了国家的规模；与此同时，整肃军纪，恢复治安，赈济贫困，慰问疾苦，使士农工商各安其业，并制定税法，征收税赋，为太平天国的政治、军事活动提供所需物资。

1854年夏秋，太平军在西征战场遭遇湘军的凶狠反扑，节节败退，失地千里。石达开看出两军最大差距在于水师，便命人仿照湘军的船式造舰，加紧操练水师。在湘军兵锋直逼九江的危急时刻，石达开再度出任西征军主帅，亲赴前线指挥。于1855年初在湖口、九江两次大败湘军。湘军水师溃不成军，统帅曾国藩投水自尽，被部下救起，西线军事步入全盛。

石达开

1856 年 9 月，"天京事变"爆发，东王杨秀清被杀，上万东王部属惨遭株连。石达开在前线听到天京可能发生内讧的消息，急忙赶回阻止，但为时已晚。北王韦昌辉把石达开反对滥杀无辜的主张看

石达开行书诗稿

成对东王的偏袒，意图予以加害，石达开逃出天京，京中家人与部属全部遇难。石达开转战川黔滇三省，先后四进四川，终于1863年4月兵不血刃渡过金沙江，突破长江防线。5月，太平军到达大渡河，对岸尚无清军，石达开下令多备船筏，次日渡河，但当晚天降大雨，河水暴

涨，无法行船。三日后，清军陆续赶到布防，太平军被大渡河百年不遇的提前涨水所阻，多次抢渡不成，粮草用尽，陷入绝境。为求建立"生擒石达开"的奇功，四川总督骆秉章遣使劝降，石达开决心舍命以全三军，经双方谈判，由太平军自行遣散四千人，这些人大多得以逃生。剩余两千人保留武器，随石达开进入清营，石达开被押往成都后，清军背信弃义，两千将士全部战死。

1863年6月27日，石达开在成都公堂受审，慷慨陈词，令主审官崇实理屈词穷，无言以对，而后从容就义。临刑之际，神色怡然，身受凌迟酷刑，至死默然无声，观者无不动容，叹为"奇男子"。

《天朝田亩制度》《资政新篇》颁布的意义

《天朝田亩制度》，将农民平均主义思想制度化，从而发展到了最高峰。平均主义作为一种社会思想，有着它的演变过程、不同的历史作用和利弊。

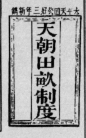

在资本主义和社会主义时期，它是落后的、倒退的和反动的。但是，在反对封建地主所有制，打破封建大地产对农民的桎梏中，它不仅是一面鲜明的旗帜，而且是进步的和革命的，因为它起着推动生产力发展，解放生产力的历史作用。

《资政新篇》，作为太平天国继续反封建反侵略的纲领，它有强烈的革命性。它是先进的中国人最早提出的在中国发展资本主义的方案，

具有鲜明的资本主义性质。它明确提出了学习西方先进的政治制度和先进的科学技术，主张平等的外交等。集中反映了当时先进的中国人向西方寻找真理和探索救国救民道路的迫切愿望，符合中国社会发展方向，具有进步性。但它没有把发展资本主义与消灭封建剥削制度联系起来，没有同太平天国当时的现实斗争联系起来。只字未提农民最关心的土地问题，既非农民斗争实践的产物，也缺乏实践的社会、经济和阶级基础，因此得不到太平天国广大将士的拥护，对太平天国的现实斗争没有起任何积极作用，而且战争环境也不具备实行的客观条件，所以它根本没有实行。它的主张反映了近代中国社会的发展趋势。

斩邪留正解民悬
——太平天国领袖洪秀全

太平天国十大王

天王——洪秀全

东王——杨秀清（见本书第50页）

西王——肖朝贵（见本书第53页）

南王——冯云山（见本书第47页）

翼王——石达开（见本书第98页）

北王——韦昌辉

太平天国前期领导人之一。又名韦正，广西桂平人。1848年入拜上帝会。不久成为中坚，与洪秀全、冯云山结为兄弟，称天父第五子。金田起义后任后护又副军师，领右军主将，封北王，称六千岁，地位仅次于天王洪秀全、东王杨秀清，但对杨秀清素怀不满，只是表面装作顺从。1856年督师江西时，洪秀全、杨秀清矛盾爆发，他接到天王密诏（一说无密诏）后率兵3000星夜回天京诛杀杨秀清及其家眷。有意扩大事态，株连杀戮杨秀清部属二万余人，史称天京事变。后欲加害石达开。石达开逃离天京，起兵安徽，要求洪秀全杀韦昌辉"以谢天下"。十月初五，洪秀全下诏讨韦，处死韦昌辉，削其封号，贬为"死孽"。

忠王——李秀成

太平天国将领、后期军事统帅。广西藤县人。1851年参加太平军。六年春，晋升地官正丞相。1857年，封合天侯。时当天京事变后，授命为副掌率，与陈玉成同掌兵符，提调军务。1858年夏，与陈玉成等共商解京围之策。9月大破清军江北大营。10月，在三河之战中配合陈玉成部全歼湘军精锐李续宾部。1859年，封忠王。曾与干王洪仁玕共订"围魏救赵"之策；又乘胜东取苏（州）、常（州），建立苏福省，为太平天国后期战争开辟了新的重要基地。但李秀成此后对天京上游战事重视不足，在二次西征中进兵迟缓，合攻湖北误期，进抵湖北南部后即撤军东下，天京西面失去屏障。集结各

斩邪留正解民悬
——太平天国领袖洪秀全

路大军回救天京，久战无功而退；又北进江北，半途而返，损折精锐大半，军势大挫。1864年6月1日，天京城破，他保护幼主突出重围后被俘。写有长篇供词，记述太平天国后期军事甚详，但流露出偷生乞怜情绪，不久被杀害。

英王——陈玉成

太平天国青年将领、后期军事统帅。广西藤县人。孤儿，14岁随叔父参加金田起义。1853年，随军西征。次年攻武昌，因功升殿右三十检点，转战湖北、安徽等地。1856年春，镇江被困，随燕王秦日纲前去援助，与守将约定内外夹攻，遂大败清军，解镇江围，并与各友军共破江北、江南大营。石达开出走后，受封为成天豫、又正掌率、前军主将，和李秀成等同主军政。1859年，晋封英王。1859年10月，会同各军再破江南大营，东征苏（州）、常（州）。时湘军四路东下，安庆被围，他注重上游，力主先救安庆。秋，太平军计分两路，合取湖北，迫敌回救。他率大军趋北路，于1860年2月进抵湖北黄州（今黄冈），因受英国侵略者的阻挠和南路李秀成误期，未能合取武昌，遂回师径援安庆，多次苦战失利。8月，安庆陷落，陈玉成退守庐州，受严责革职。1862年春，派部将陈得才等率师去陕西等地招兵，庐州守军兵单并围急。4月，率部突围，走寿州（今安徽寿县），为叛徒苗沛霖诱捕，押送清营。5月，在河南延津县就义，年仅26岁。

干王——洪仁玕

字益谦，洪秀全族弟。曾在香港居住多年，当时香港已成为英国的殖民地，已经办起了报馆、学校、教堂。洪仁玕在这里不仅学习了天文历算，还了解了不少有关西方资本主义的政治、经济、文化知识，使他成为最熟悉西方的中国人之一。1959年4月22日，到达了天京。洪秀全大喜，立即封他为天福，继封义爵加主将，又封"开朝精忠军师顶天扶朝纲干王"，掌总理朝政大权。当时，内讧结束已近三年，但仍人心不一，团结不固。初期所定制度，有的不能实行，有的弊端重重。他决心改革现状，遂向洪秀全提出了《资政新篇》。主张学习西方科学文化，革新政治，发展资本主义经济。同年，筹划太平军第二次西征。1860年率军赴援安庆失利，降职为精忠副军师。1863年天京陷落，他护幼主洪天贵福奔江西，于石城被俘，被杀于南昌。著有《英杰归真》《军次实录》《戒浮文巧言谕》等。

燕王——秦日纲

秦日纲（1821年—1856年），广西贵县人，太平天国将领，后来被封燕王。秦日纲本名秦日昌，因避北王韦昌辉讳而改名日纲。在1856年的"天京事变"中，秦日纲参与北王诛杀东王杨秀清的行动，后来被天王洪秀全处死。秦日纲在早年加入拜上帝教，1851年参加金田起义，永安建制时任天官正丞相。1853年秦被封顶天燕，代翼王石达开驻安庆。1854年5月封燕王，率军援救北伐军，至舒城折回。因武昌、汉阳失守，秦到田家镇督师，12月被湘军击破，退回安徽。1855年秦日纲在广济击败湖广总督杨霈，攻克武昌、汉阳。1856年率军援镇江，破清江北大营，7月围丹阳受挫，降为顶天燕。同年9月发生"天京事变"，秦日纲受天王洪秀全密旨，与北王韦昌辉诛杀东王杨秀清，可是其后秦日纲却联同北王继续滥杀东王余下部属及其家人，更被迫追随北王血洗翼王府。翼王石达开逃出天京后，北王派秦日纲带兵追捕，秦日纲见天京以外的太平军大多支持翼王，放弃追捕，改为攻击清军。北王韦昌辉被杀后，在翼王要求下，秦日纲最后仍被天王处死，并革除封爵。

斩邪留正解民悬
——太平天国领袖洪秀全

中华魂·百部爱国故事丛书

提　　要

《誓与禁烟相始终——民族英雄林则徐》

　　林则徐严禁鸦片，坚决抵抗西方列强的侵略，坚持维护国家主权和民族利益。他是中国近代历史上第一位睁眼看世界的人，是抗击帝国主义殖民侵略的第一人，是中华民族抵御外侮过程中伟大的民族英雄。

《血洒虎门御敌寇——抗英将军关天培》

　　民族英雄关天培，在第一次鸦片战争中为了抗击英国侵略者的入侵而血洒虎门，为国捐躯，谱写了一曲可歌可泣的英雄赞歌。关天培用他的生命，书写了中国人民反抗外侮的历史。

《威震镇海靖节魂——抗敌英雄裕谦》

　　在第一次鸦片战争期间的众多牺牲者中，有一位官阶最高，他就是两江总督裕谦。裕谦与外国侵略者斗争立场坚定，与国内妥协派、投降派斗争态度坚决。裕谦督战镇海，与英国侵略军浴血奋战，临危不惧，以身报国，浩气长存。

《斩邪留正解民悬——太平天国领袖洪秀全》

　　农民出身的洪秀全，从失意文人到起义领袖，经历了长期的思想演变过程，在外敌入侵、清朝政府腐朽的历史环境之下，顺应时代的潮流，成长为一位非凡的历史英雄人物，建立了与清朝政府相抗衡的农民政权——太平天国。

《仰承汉唐　荟萃中外——近代数学家李善兰》

李善兰是我国19世纪重要的科学家之一，在数学、天文学、力学等方面都有重大建树。他继承了我国古代数学的成就，又以极大的热情传播西方科学文化，"仰承汉唐，荟萃中外"，把自己的一生献给了科学事业。

《严谨治学　勇于探索——近代著名数学家华蘅芳》

华蘅芳，中国近代数学家之一。其精通中国古算学，并熟练掌握西方近代数学，是中国验证抛物线并著书立说的参与者。为了证明"外国有的，中国也能造"而鞠躬尽瘁，在引进西方科学技术、传播科学知识上贡献卓著。

《折冲樽俎护山河——近代著名外交家曾纪泽》

曾纪泽是中国近代史上著名的爱国外交家，在中俄伊犁交涉事件中，他秉承抵抗列强、保卫国家的坚定意志，利用外交手段全力同沙俄抗争，捍卫了国家主权、民族尊严，收回了祖国的领土，在近代中国外交史上留下了光辉的一页。

《甲午海战留英名——民族英雄邓世昌》

邓世昌，北洋水师名将。本书以邓世昌的成长过程为线索，以代表性的历史故事为主要内容，还原真实的历史事件，突出鲜明的人物性格。邓世昌因在中日甲午海战中突出的英雄气概而名垂史册，书写了伟大的爱国主义篇章。

《誓与舰队共存亡——北洋水师提督丁汝昌》

丁汝昌处在清朝政府的腐朽和李鸿章的专断下，难以施展爱国的抱负，壮志未酬，愤恨而终。但丁汝昌为建立近代海军作出的巨大贡献，带领北洋舰队爱国官兵勇抗强敌的英雄事迹，将永远为后代所传颂。

《镇南关上凯歌扬——抗法老英雄冯子材》

1885年中法战争中，年逾古稀的冯子材为抵御外国侵略，勇赴国

斩邪留正解民悬

难，大败法军于镇南关，并乘胜追击，接连收复文渊、谅山等地，从根本上扭转了中法战争的局面，成为近代民族英雄的杰出代表。

《屡败法军逞英豪——黑旗军将领刘永福》

刘永福是黑旗军的创建者，是农民出身的杰出军事家、政治活动家。在19世纪发生的援越抗法、中法战争中，他率部与帝国主义侵略者进行了殊死的战斗，建立了卓越的功勋，成为我国近代史上著名的民族英雄，为后世所景仰。

《矢志变法强国家——戊戌变法领袖康有为》

康有为是清末民初最有影响力的思想家之一。他领导了中国知识界的启蒙运动，掀起了一场自上而下的政体改革。他最早在中国提出了立宪政体和具体的宪政方案，主张在坚持儒家传统和帝制的前提下，学习西方经验，他的进步思想对近代中国具有深远的影响。

《开民智以报国　普新知而图强——戊戌变法思想家梁启超》

梁启超，中国近代史上著名的政治活动家、启蒙思想家、史学家、文学家，戊戌变法领袖之一。本书以百日维新思想家梁启超的成长过程为线索，以代表性的历史故事为主要内容，还原真实的历史事件，突出鲜明的人物性格。

《我自横刀向天笑——维新志士谭嗣同》

谭嗣同在民族危机的严重时刻，投身改革救中国的洪流。为了带给祖国一个光明的未来，紧要关头，他挺身而出，用自己的鲜血激励后人，把宝贵的生命献给了变法事业。

《睡乡敢遣警世钟——用生命警策国人的陈天华》

陈天华是民主革命的活动家和宣传家。他写的《猛回头》《警世钟》等书，起到了革命启蒙的重大作用。为了激发留日学生的爱国情怀，他不惜投海自杀，演出了近代史上感人至深的一幕，给后人留下了难忘的印象。

《革命军中马前卒——民主斗士邹容》

革命乃"至尊极高，独一无二，伟大绝伦之一目的"；它是"天演之公例，世界之公理，顺乎天而应乎人"的伟大行动。因此，必须"仗义群兴革命军"。他激情高呼："革命独子万岁！中华共和国万岁！"这就是《革命军》的作者，中国近代著名资产阶级革命宣传家邹容。

《休言女子非英物——鉴湖女侠秋瑾》

为民族解放和妇女解放而英勇斗争的秋瑾，冲破封建礼教的思想牢笼，打碎封建精神枷锁，崇仰真理，追求光明，主张共和，坚持男女平等，最终献出了自己年轻的生命。

《血溅校场　杀身成仁——民主斗士徐锡麟》

本书讲述了反清志士徐锡麟弃文从武、投身反清革命事业，最终被清政府杀害的故事。出于对国家的热爱，徐锡麟献出自己的生命，他的事迹将永远激励后人深切缅怀这位民主革命的先驱。

《生可死耳　我志长存——献身民主的禹之谟》

禹之谟，民主革命党人，同盟会会员，近代资产阶级革命家、实业家。1886年，20岁的禹之谟"提三尺剑，挟一卷书"游历四方，研究西方社会政治学说，忧国忧民之心日趋强烈。戊戌变法失败，他丢掉改良幻想，倡革命救亡之说，走上民主革命道路。

《物竞天择　适者生存——资产阶级启蒙思想家严复》

严复是中国近代著名的启蒙思想家、翻译家和教育家。他长期从事教育和翻译事业，为近代中国人才培养和思想启蒙做出了重要贡献，同时他也为中国的翻译事业和中西思想文化交流做出了重要贡献。

《辛亥革命急先锋——资产阶级革命家黄兴》

黄兴，清末民初资产阶级革命家，中华民国开国元勋。黄兴在武昌首义及辛亥革命时期的爱国表现，与孙中山闻名于当时，常被时人以"孙黄"并称。本书以资产阶级革命活动实干家黄兴的成长过程为线索，歌颂了先辈伟大的爱国主义精神。

《矢志革命　百折不回——近代民主革命家廖仲恺》

廖仲恺追随孙中山踏上了创立民国与捍卫共和制的旧民主主义革命

之路；在新民主主义革命时期，他为建立、巩固首次国共合作和实施三大政策，英勇奋斗，为国殉职，洒尽了一腔热血。

《将军拔剑南天起——护国英雄蔡锷》

蔡锷是中国近代史上的杰出军事家、爱国者。他的一生短暂而伟大。辛亥革命爆发，他毅然投身于革命洪流之中，领导云南重九起义，对武昌起义积极响应。袁世凯窃国复辟、恢复帝制的阴谋暴露出来以后，他又毅然举起了武装讨袁的旗帜。

《反帝反封建运动——五四青年的爱国故事》

五四运动是一次伟大的反帝反封建的爱国运动；是一个伟大的历史转折点；是中国人民的斗争从挫折走向胜利的一个关节点，它为中国的前进开辟了一条全新的道路，拉开了中国新民主主义革命的序幕。

《思想自由　兼容并包——著名教育家蔡元培》

蔡元培是中国近现代著名的民主革命家和教育家，一生经历风雨，却始终信守爱国和民主的政治理念，致力于废除封建主义的教育制度，奠定了我国新式教育制度的基础，为我国教育、文化、科学事业的发展做出了富有开创性的贡献。

《为国家争光　为民族争气——中国铁路之父詹天佑》

詹天佑是我国最早的杰出铁道工程师，因主持建造京张铁路而闻名中外，被誉为"中国铁路之父"。他为祖国的铁路事业贡献了毕生的精力。本书向读者展示了詹天佑热爱祖国、科技兴国的辉煌人生。

《实业救国　衣被天下——轻工之父张謇》

张謇是爱国实业家、教育家。他年轻时中过状元。过了40岁，开始投身工商实业活动中，他的名言是"富民强国之本在于工"。在南通，创办大生丝厂、银行等各种实业。并将创办实业的大部分所得投入教育。他的观点是，教育和实业一样，也是"富强之大本"。

《心向革命　追求光明——平民将军冯玉祥》

冯玉祥将军"是一位从旧军人转变而成的坚定的民主主义战士"。

抗日战争期间，他辗转各地，用实际行动积极抗战。日本战败投降后，他为了断绝美国的援蒋内战，又在美国四处演说，揭露蒋介石统治之黑暗，痛斥美国阴谋分裂中国的不良行为。

《刑场上的婚礼——革命烈士周文雍　陈铁军》

周文雍是广州起义的主要领导人之一。陈铁军出身于华侨商人家庭，却毅然投身革命洪流。1928年1月，两人接受派遣，回到广州假扮夫妻从事革命斗争，却不幸被捕。临刑前，两位烈士将敌人的枪声当作自己婚礼的礼炮，用生命和爱情谱写出一曲千古绝唱。

《星星之火　可以燎原——井冈山斗争的故事》

1927—1929年，毛泽东、朱德等老一辈革命家，在井冈山创建了农村革命根据地，进行了艰苦卓绝的斗争，建立了新型革命武装，点燃了工农武装革命之火，找到了农村包围城市最后夺取政权的中国革命的正确道路。

《新民学会的主要发起人——中国共产党早期革命家蔡和森》

蔡和森青年时期曾与毛泽东等人一起组织进步团体新民学会，参加五四运动，并在赴法国勤工俭学时研读大量马克思主义著作，回国后以满腔热忱投身革命事业，成为中国共产党早期重要的理论家和宣传家。

《威震黄浦江畔　高奏抗日壮歌——一·二八淞沪抗战》

面对日本侵略者的挑衅，十九路军在蒋光鼐、蔡廷锴的带领下，高举义旗，奋力一搏。一·二八淞沪抗战，是中国军人捍卫军人荣誉和祖国尊严所发出的吼声，谱写了一曲抗击日军侵略的英雄壮歌。

《将军恨不抗日死——慷慨就义的吉鸿昌》

在国难深重的20世纪30年代，吉鸿昌将军因拒绝执行国民党指示，坚决不打内战，被迫携眷出国"考察"。回国后，他加入中国共产党，组织了民众抗日同盟军，英勇打击日本侵略者，后于1934年11月被国民党反动派杀害。

《献身革命　甘于清贫——梅岭忠魂方志敏》

大革命失败后，方志敏凭着"两条半步枪"起家，身经百战，创建了赣东北革命根据地和红十军。本书真实记录了方志敏投身于革命、领导红军和敌人进行艰苦卓绝斗争的经历，歌颂了烈士贫贱不移、威武不屈、献身革命的高尚品质。

《奏响中华最强音——人民音乐家聂耳》

聂耳在他有限的生命中创作了数十首革命歌曲，在抗日救亡运动中，聂耳的这些歌曲产生了广泛深远的影响。他的音乐创作为中国无产阶级革命音乐的发展指明了方向，树立了榜样。

《横眉冷对千夫指——中国文化革命主将鲁迅》

鲁迅不但是伟大的文学家，而且是伟大的思想家和伟大的革命家。在那风雨如晦的黑暗年代里，他以笔为投枪，同一切帝国主义和反动派进行了顽强的战斗，为中国人民树立了一个不朽的丰碑。他是新文化战线上的一面光辉旗帜，是我们伟大民族的灵魂。

《铁流两万五千里——红军长征的故事》

红军长征是人类历史上的一次伟大的壮举。第五次反"围剿"失败后，中国工农红军的三大主力在极端艰难的条件下，突破国民党军队的围追堵截，进行了史无前例的战略大转移，总行程达两万五千里以上。途中发生了许多动人故事，至今令人难以忘怀。

《荣辱不移革命志——创建陕北红军的刘志丹》

刘志丹是杰出的无产阶级革命家、军事家，西北红军和西北革命根据地的主要创始人之一。他一生热爱人民，追求真理，英勇善战，百折不挠，艰苦奋斗，忠心赤胆，为创建红军和革命根据地、为中国人民的解放事业建立了不可磨灭的功勋。

《英名永存北平城——爱国将领佟麟阁　赵登禹》

1937年7月28日，日军向北平郊区发动进攻。第二十九军副军长佟麟阁奉命在南苑率部与日军苦战，腿部受伤，头部被敌机炸伤，壮烈殉国。第一三二师师长赵登禹指挥部队顽强抵抗日军，右臂中弹负伤，仍继续作战。后在转移途中遭日军截击而牺牲。

《八百壮士　四行仓库铸军魂——谢晋元和他的战友们》

八一三抗战，中国军人以血肉之躯揭开全面抗战的帷幕。这是一场血战，是中国军人不屈不挠的英雄诗篇，其中的八百壮士守四行，成为这首英雄颂歌中最动人、最凄美的音符。一曲四行保卫战，铸就了不屈的军魂。

《八女投江　气贯长虹——八位抗联女战士》

抗日战争时期，以冷云为首的东北抗日联军8名女战士，为捍卫民族尊严，面对凶残的日寇，镇定自若，宁死不屈，投江殉国，表现了中华民族同敌人血战到底的英雄气概。她们的光辉形象，激励着千千万万的后来人。

《艰苦抗战　威震敌胆——著名抗日英雄杨靖宇》

杨靖宇将军是我国著名的抗日民族英雄。曾先后担任磐石游击队政治委员、东北抗日联军第一军军长兼政委、抗日联军总司令等职。领导军民对日寇坚持了长达9个年头的艰苦卓绝的斗争，最终以身殉国。

《死也不当亡国奴——镜泊抗日英雄陈翰章》

陈翰章，从1932年8月投笔从戎，直到1940年12月8日为抗击日本侵略者，战死在镜泊湖畔。他在抗日疆场上奋战了九年，他那可歌可泣的英雄事迹将为人们永世传颂。

《名将殉国　气壮山河——抗日将军张自忠》

著名抗日将领、民族英雄张自忠，生于忧患的时代，抱有"宁为百夫长，胜作一书生"的志向，经历过失败与低谷，最终成就了慷慨人生。本书主要以人物活动为主，勾画出一个真正的"民族魂"鲜活的人生，会带给读者振奋的力量。

《宁死不辱战士名——狼牙山五壮士》

1941年日寇在河北易县"扫荡"。为掩护群众和主力部队撤退，五

位八路军战士毅然把敌人引上了狼牙山棋盘坨峰顶绝路。弹尽粮绝、无路可退，五位英雄纵身跳下了万丈悬崖，用生命和鲜血谱写出一曲惊天地泣鬼神的壮举。

《太行浩气传千古——抗日名将左权》

左权，中国工农红军和八路军高级指挥员，著名军事家。是八路军在抗日战场上牺牲的最高指挥员。名将阵亡，太行山为之垂首，全党为之悲痛。周恩来称他"足以为党之模范"，朱德赞誉他是"中国军事界不可多得的人才"。

《虎将兴关外　抗倭统雄师——抗联英雄赵尚志》

本书描写了久经考验的共产党员、东北抗联的创建者和主要领导人赵尚志，在艰苦卓绝的条件下，坚持抗战，威震敌胆，战功卓著，忍辱负重，忠贞不屈，为国捐躯的英雄故事，为青少年读者呈上一部爱国主义的佳作。

《黄埔之英　民族之雄——抗日名将戴安澜》

抗日名将戴安澜，先后参加保定、漕河、台儿庄、武汉、昆仑关等战役，作战英勇，屡建奇功；入缅作战，"扬威国外，藉伸正义"；守东瓜，复棠吉；殉身缅北，遗恨丛林，马革裹尸，成就了光辉的一生。

《爱国志士　民主先锋——新闻出版家邹韬奋》

本书讲述了邹韬奋献身新闻出版事业的奋斗历程，展现了一位新闻工作者坚定的革命信念和炽热的爱国主义精神，全心全意为人民服务、为读者服务的奉献精神，歌颂了他的高尚情操和优良品质。

《为抗战发出怒吼——人民音乐家冼星海》

人民音乐家冼星海，青年时期在巴黎求学，饱尝屈辱与磨难；学成后毅然回到多灾多难的祖国，用满腔热忱谱写激昂的音乐，鼓舞中华儿女的斗志；奔赴延安，谱写出不朽的名作《黄河大合唱》，发出中华民族抗日救亡的怒吼。

《全民皆兵　抗击日寇——抗日战争的故事》

中国人民进行的十四年抗战，是一百多年来中国人民反对外敌入侵第一次取得完全胜利的民族解放战争。这场战争是以国共两党合作为基础，有社会各界、各族人民、各民主党派、抗日团体、社会各阶层爱国人士和海外侨胞广泛参加的全民族抗战。

《捧着一颗心来　不带半根草去——人民教育家陶行知》

陶行知是我国现代教育史上伟大的人民教育家、教育思想家。他从青年起就立志献身教育事业，以"捧着一颗心来，不带半根草去"的赤子之心，为人民的教育事业鞠躬尽瘁。

《为民主与和平拍案而起——民主斗士闻一多》

闻一多早年与梁实秋等人发起成立清华文学社。赴美留学期间由对祖国的深深眷恋而创作著名的《七子之歌》。后在西南联大任教8年，积极投身于抗日运动和争取民主的斗争，发表了著名的《最后一次讲演》。

《铁窗难锁钢铁心——革命先烈王若飞》

王若飞是我党早期杰出的无产阶级革命家。在艰苦卓绝的斗争中，他出生入死，屡建奇功，以超人的睿智和胆略，在敌人的监狱中，同敌人展开了殊死的较量，为抗战的胜利和新中国的诞生做出了卓越的贡献。

《横扫千军　还我河山——抗联名将李兆麟》

李兆麟是东北抗日联军创建人之一，他率领抗日联军历尽千难万险与日本侵略者浴血奋战，在极其艰苦的条件下，保存了抗日联军的有生力量，为东北光复做出了重大贡献。

《锄头开出新天地——解放区大生产运动》

为了解决困难，渡过难关，党中央号召党政军民齐动手，开展大生产运动。中国共产党在其控制区域内发动的一场军队屯田和鼓励生产的群众运动，达到了自己动手丰衣足食，共度难关，既进行革命又进行生产自足的目的。

《生的伟大　死的光荣——女英雄刘胡兰》

刘胡兰，坚贞不屈的少年女英雄。生前对我国劳动人民的解放事业无限忠诚，在敌人威胁面前，大义凛然，毫无惧色，英勇牺牲，表现了共产党员的高贵品质。

《饿死不领美国救济粮——爱国知识分子的楷模朱自清》

朱自清作为爱国知识分子的典型，以锐利的笔锋直言痛斥反动政府的暴行，体现了他崇高的爱国情怀和不畏恶势力的精神品格。毛泽东曾给朱自清先生以高度评价："一身重病，宁可饿死，不领美国的'救济粮'"，"表现了我们民族的英雄气概"。

《为了新中国前进——舍身炸碉堡的董存瑞》

伟大的英雄，中国人民的儿子董存瑞，从儿童团长成长为一名光荣的解放军战士，在1948年解放隆化县城时，舍身炸碉堡，为新中国献出了自己年轻的生命。他的英雄形象永远留在人民心里。

《宁死不屈的共产党员——革命烈士江竹筠》

江竹筠，就是著名的江姐。1947年春，她负责《挺进报》工作，只几个月的时间，报纸就发行到1600多份，引起了敌人的极大恐慌。由于叛徒出卖，江姐不幸被捕，惨遭毒刑的残酷折磨，仍坚贞不屈。最后被特务秘密枪杀，年仅29岁。

《抗美援朝　保家卫国——志愿军的战斗故事》

抗美援朝战争是中国人民志愿军为援助朝鲜人民、保卫祖国安全，与美国为首的"联合国军"发生的战争。在朝鲜牺牲的志愿军烈士们，他们英勇的战斗事迹、保家卫国的精神值得我们发扬光大。

《上甘岭上壮烈歌——黄继光和他的战友们》

在1952年10月的上甘岭战役中，黄继光和他的战友们在零号阵地半山腰被敌机枪火力点压制，此时，黄继光身上已经多处负伤，手雷也已全部用光。为了完成任务，减少战友的伤亡，他用自己的胸膛堵住正在扫射的敌机枪射孔，为反击部队扫清了前进的道路。

《诗书印画　全入神品——国画大师齐白石》

齐白石出身贫寒，做过农活，当过木匠，后改学雕花木工，从民间画工入手，摹古人真迹，学诗文书法，融汇古今，而诗、书、印、画俱佳；他将中国画的精神与时代的精神统一得完美无瑕，使中国画得到国际的重视，无愧于"国画大师"的称号。

《毕生为文化而奋斗——中国第一出版家张元济》

张元济参与、主持和督导商务印书馆近六十年，使其从简单的印刷企业转变为当时中国教育出版的旗帜。张元济一生爱书，在中华大地动荡不安的年代里，他用自己对文化的热爱，续存着中华民族灿烂悠久的文明之光。

《独树一帜　梨园大师——著名京剧表演艺术家梅兰芳》

梅兰芳，京剧大师，演唱风格独树一帜，世称"梅派"。曾先后赴日本、美国、苏联演出，并荣获美国波摩那学院和南加州大学的荣誉文学博士学位。作为一位爱国者，抗战期间蓄须明志，拒绝为日本人演出，为后世称颂。

《华侨旗帜　民族光辉——爱国侨领陈嘉庚》

陈嘉庚是著名的爱国华侨领袖、企业家、教育家、慈善家、社会活动家。他为辛亥革命、民族教育、抗日战争、解放战争、新中国的建设做出了卓越的贡献。生前被毛泽东誉为"华侨旗帜、民族光辉"。

《向雷锋同志学习——伟大的共产主义战士雷锋》

雷锋，一个平凡而伟大的共产主义战士，一心向着党，一生秉承着全心全意为人民服务、无私奉献的崇高思想；发扬刻苦学习和钻研理论的"钉子"精神；坚持勤俭节约、艰苦奋斗的优良作风。毛泽东为其题词："向雷锋同志学习。"

《人民的好公仆——县委书记的好榜样焦裕禄》

焦裕禄，被誉为县委书记的好榜样。他用自己的革命精神，展开了与大自然、与社会落后现象、与病魔的多重抗争，让我们领略到一

个共产党人的生之伟大、死之壮美的人格品质和具有现实教育意义的精神魅力。

《文学巨匠 京味大师——人民作家老舍》

老舍是我国现代小说家、文学家、戏剧家。他用融入骨髓的真诚文字反映生活的喜怒哀乐。老舍的一生，总是在忘我地工作，他是文艺界当之无愧的"劳动模范"，生前被北京市人民政府授予"人民艺术家"的称号。

《革命老人——无产阶级教育家徐特立》

徐特立是一代伟人毛泽东的老师。他出生在贫苦家庭，大部分时间生活在动荡艰苦的年代；他刻苦勤奋，不畏艰辛，追求光明，一生勤俭，为革命培养了大量的人才；他对党和人民任劳任怨，鞠躬尽瘁。他坎坷奋斗的一生，留下了许多可歌可泣的故事。

《人生能有几回搏——新中国第一个世界冠军容国团》

容国团先后担任中国乒乓球队运动员、女队主教练。获得1959年男子单打世界冠军；1961年夺得男子团体世界冠军；作为中国女队主教练，1965年率女队第一次夺得女子团体世界冠军。他的"人生能有几回搏"的豪言，举国传诵。

《石油工人一声吼 地球也要抖三抖——铁人王进喜》

王进喜，新中国第一批石油钻探工人。他为祖国石油工业的发展和社会主义建设立下了不朽的功勋，在创造了巨大物质财富的同时，还给我们留下了宝贵的精神财富——铁人精神。他被评为"百年中国十大人物"，写入中华民族的光辉史册。

《做人民需要我做的事——著名地质学家李四光》

李四光是一位伟大的科学家，他一生从事地质学研究工作，足迹遍布祖国的山川，为祖国探明了许多地下宝藏；他创建了崭新的学说——地质力学；他历尽重重困难，为正确认识地质构造开辟了一条新路。

《中国化学工业的先驱——著名化学家侯德榜》

为摆脱纯碱需要进口的窘况，20世纪初，怀着"实业救国"梦想的中国化工先驱侯德榜等人创办了永利碱厂，并立志生产出中国人自己的碱。1926年，永利碱厂终于成功地生产出"红三角"牌纯碱，从此中国制碱业得以跨入世界先进行列。

《毕生求是　一丝不苟——著名科学家竺可桢》

著名科学家竺可桢献身科学研究；治学严谨，一丝不苟；一生廉洁，两袖清风；作风民主，爱护学生。他以爱国之心、报国之志，从一个民主主义者逐渐成长为一个共产主义战士。

《热爱自然的大地之子——著名植物学家蔡希陶》

蔡希陶，五十载风雨，五十载坎坷，五十载奋斗，五十载开拓，为了发现对人类生产、生活有用的植物及新物种的引进而做出巨大贡献，在中国的植物资源学史上将永远镌刻着他的名字。

《高洁无私的襟怀——知识分子的楷模蒋筑英》

蒋筑英是中国当代知识分子的先锋典范，他不为名，不为利，尊重科学；他以坚忍的毅力和顽强的作风，在科学的道路上呕心沥血，鞠躬尽瘁，无私地奉献了青春和生命。

《迎接新生命的天使——卓越的妇产科专家林巧稚》

林巧稚是国内外享有盛誉的妇产科专家。在五十多年的医学教育和临床实践中，林巧稚亲自接生了五万多婴儿，治愈了数千病人，培养了数以百计的专门人才，为我国的妇女儿童事业做出了不可磨灭的贡献。

《独自成千古　悠然寄一丘——国画大师张大千》

张大千是20世纪中国画坛最具传奇色彩的国画大师，无论是绘画、书法、篆刻、诗词无所不通。在艺术界深得敬仰和追捧，艺术家们用真挚的感情，用绘画和雕塑展现了"张大千"多彩的艺术形象。

《建造中国的通天塔——著名数学家华罗庚》

中国当代著名数学家华罗庚，为中国数学的发展做出了无与伦比的贡献，他是中国解析数论、典型群、矩阵几何等多方面研究的创始人与开拓者，也是我国最早将数学理论研究与生产实践紧密结合的科学家。

《问鼎长天　强我国威——两弹元勋邓稼先》

邓稼先是我国著名科学家，参加组织和领导我国核武器的研究、设计工作，从对原子弹、氢弹原理的突破和试验成功及其武器化，到新的核武器的重大原理突破和研制试验，作出了重大贡献。是我国核武器理论研究工作的奠基者之一，被誉为"两弹元勋"。

《敢叫天堑变通途——桥梁专家茅以升》

中国著名的桥梁专家茅以升从小立志为祖国建造桥梁，经过不懈努力，他不仅设计建造了一座座宏伟壮观、坚固实用的道路桥梁，而且搭建了一座座友谊之桥，为祖国建设作出了卓越贡献。

《蘑菇云之梦——核物理学家钱三强》

被誉为"中国原子弹之父"的核物理学家钱三强，更名后立志于科技报国；24岁投师于世界著名核物理学家居里夫妇；与夫人何泽慧合作，发现铀的"三分裂""四分裂"现象；统领我国的原子大军，做了大量创造性工作。

《两离桑梓地　满怀雪域情——领导干部的楷模孔繁森》

孔繁森，是一位一尘不染、两袖清风的好干部。两次进藏工作，历时十载，为西藏的建设、发展和稳定作出了突出的贡献。1994年11月，孔繁森不幸以身殉职。人民群众称他为新时期领导干部的楷模。

《摘取数学皇冠上的明珠——著名数学家陈景润》

陈景润是享誉世界的数学家，为了证明"哥德巴赫猜想"，他以惊人的毅力在数学领域里艰苦跋涉，终于攻克了世界著名数学难题"哥德巴赫猜想"中的"1+2"，创造了中国乃至世界数学史上的辉煌。

《学术独步 饮誉四海——享有国际威望的科学家卢嘉锡》

卢嘉锡是一位在国际科学界享有崇高威望的物理化学家、化学教育家和科技组织领导者。1945年，卢嘉锡满怀"科学救国"的热忱回到祖国，对中国原子簇化学的发展起了重要推动作用，他所指导的新技术晶体材料科学研究，也取得了重大成绩。

《德艺双馨 梨园楷模——著名豫剧表演艺术家常香玉》

常香玉1941年赴陕甘演出。1948年在西安创办香玉剧社。1951年为支援抗美援朝，率剧社巡回西北、中南、华南各地演出，以演出收入捐献"香玉剧社号"战斗机一架，素有"爱国艺人"之誉。

《文学大师 激流勇进——著名作家巴金》

本书以巴金生平和主要事迹为线索，回顾和展示现代著名作家巴金的一生，以期让人们看到巴金在这风云变幻的100多年中，有过成功的欢欣，有过屈辱的磨难，有过痛苦的忏悔，有过平静的安宁。巴金的人生，映照着一代中国五四知识分子坎坷而不平凡的命运。

《壮心系科学 孜孜为国昌——理论化学家唐敖庆》

本书讲述了唐敖庆从出国求学、学业有成、回国任教，到服从安排、艰苦工作、刻苦钻研，最终成为中国量子化学奠基者的过程。让人们看到了这位著名化学家的赤心爱国、严谨治学、大公无私的崇高品格和科研上的卓越成就。

《中国导弹之父——著名科学家钱学森》

当第一颗原子弹升空的时候，当中国的人造卫星奏响《东方红》的时候，当中国运载火箭腾空而起的时候，当中国研制的导弹准确命中目标的时候，人们都会想起他的名字：中国导弹之父钱学森。

《中国近代力学的奠基人——著名科学家钱伟长》

钱伟长曾以中文和历史两个100分的成绩考入清华大学。九一八事变后，钱伟长毅然放弃了文科的学习而转为理科。他是中国近代力学、应用数学的奠基人之一，在固体力学、流体力学以及航空航天领域，取

得了卓越的成就，为新中国的现代化建设付出了毕生的精力。

《中国光学科学的奠基人——著名科学家王大珩》

王大珩是我国著名的科学家，中国光学科学的奠基人。他先在清华就读，后赴英国求学，学业有成，立志科学救国，其成就享誉神州。他以科学的求是精神和赤诚的爱国情怀，探索着中国光学发展的闪光之路。